バタイユ 聖性の探究者

酒井健

人文書院

バタイユ　聖性の探究者

目　次

バタイユ　聖性の探究者

I

大聖堂の追憶
ジョルジュ・バタイユと限界体験

一

北フランスの十一月といえば重い曇り空の日が何日も続くのだが、一昨日からは特別で、今も空は青く澄み渡って夕暮れに向かっている。

パリの北東、ベルギー国境に近いランスを七年ぶりに訪れた。

晴れ渡った分、寒さは格別だ。大聖堂前の石畳の広場から吹き寄せる夕風は刺すように冷たい。気温はもう確実に零下にさがっている。爪先の神経などとうになくなってしまった。顔面はこわばり、頭髪は霜のような露を含み始めている。

私は、今、大聖堂のななめ正面、裁判所のささやかな庭園に立って、冷気に身を浸しながら、紺青の夕空のなかの大伽藍を見上げている。

ランスの大聖堂

ランスのノートルダム大聖堂は、その壮麗さ、優美さ故に長いことゴシック建築の女王と称されてきた。

実際、正面扉口《ポルタイュ》から左右対称の長大な鐘塔へ至るその外観は、威容というだけではなく、繊細でさえある。細長い石柱が外面の至る所に用いられ、その柱頭も剣のように長く鋭角に尖《とが》らされている。規則正しく配された大小無数の切妻も槍の先のようだ。ゴシックの大伽藍はどれも天をめざす壮大な構えを持つが、ランスにおいてはその壮大さはことのほか繊細に表現されている。

七年前の冬の夜、ランスに到着して早々に見上げた大聖堂は私にはむしろ悲劇的と映ったのだった。この印象は、もちろん何よりも大聖堂自体から、つまり第一次世界大戦の爆撃で半壊したという事実から来ていたのだが、同時にいくぶんかは当時の私自身の投影であったのかもしれない。実際あの時私はひどく疲れていた。そしてその疲労は、西欧への当時の私の期待が壊れてゆく端初となったものだ。

日本人であるとか、フランス人であるとかの特殊性を問わない普遍性。そんな普遍性に期待を寄せてフランスに留学した者は私一人ではなかったはずである。先人のなかには、日本にもフランスにも帰属意識は持たないと豪語してフランスでの文学研究に向かっていた者もいる。

私もまたこの普遍性に身を預けて留学生活を開始したのであるが、しかしそれからというもの、ことあるごとに、フランスの、いや西欧の、或る特殊な力に押し返された。私の意識はフランス人に普遍性を期待しているのに、彼らは暗黙の内に彼ら固有の力を放って、私の存在を遠ざけようとしていた。

私はこのような食い違いで徐々に疲労していった。そして留学を始めて三年ののち、この疲労がほぼ極に達したときに、ランスを訪れたのだった。

大聖堂の追憶、それは私にとっては疲労の追憶であり、西欧の普遍性への期待が壊れてゆく端初の追憶である。

実際この七年の間に私の西欧の見方はずいぶんと変わってしまった。

今、私は、西欧の特殊な力をもう一度体感するために、大聖堂の前に立っている。大聖堂こそはこの力によって築かれたのであり、そしてこの力故に、壮麗なのである。

二

私がランスに関心を持つようになったのは、ジョルジュ・バタイユを通してのことである。彼の最初の作品『ランスのノートルダム大聖堂』を読んで、私はこの大聖堂の命運を知り、いつの日にかランスを訪れてみたいと思うようになったのだ。

一九八三年九月に私はパリに着きバタイユ研究のための留学生活を始めたのであるが、ランスを訪れたのはこの留学の目的を果たし帰国しようとしていた一九八六年十二月末のことである。

足掛け五年に及ぶ滞仏体験のなかで、一九八六年という年は忘れられぬことの続いた年だった。この年、フランス社会は激しく揺れ動いた。

三月にはミッテラン大統領とシラク首相の保革共存政権《コアビタシオン》が生まれたが、シラク首相が保守色の強い改革案を矢継早に発表するに及んで、フランス社会は一挙に不安定化した。

九月には中東の過激派による無差別爆弾テロがパリ市内で続発し、多くの死傷者が出た。パリ市は厳戒体制に入り、同時にシラク首相は外国人の出入国及び滞在に厳しい規制を敷いた。十一月になると今度は全国の大学生、高校生が、シラク内閣の打ち出した教育制度改革法案に反対して激しい抗議行動を展開した。その高まりは、六八年五月の〝革命〟を思わせるほどで、パリ市は大規模なデモ、集会、ストライキによって連日騒然とした雰囲気につつまれたのだった。

私は、そのような緊張と混乱が続くパリのなかで、博士論文の作成に向かいこれを完成させてパリ大学に提出した。バタイユの思想の進展を明確に示すこと、これが論文のテーマだった。時期としては、バタイユの創作活動の最初期から最盛期まで、作品で言えば『ランスのノートルダム大聖堂』から『無神学大全』までであった。

パリ大学は一一月末から学生によって占拠され封鎖されたままであったけれど、幸い十二月十日になって封鎖が解除され、私の論文審査はその翌々日予定通りにおこなわれた。

審査にあたった三人の教官は実に丁寧に拙論を読んでいてくれた。私の主張の大筋は認めて評価してくれたが、各論では批判や反対例証が相次いだ。こちらが立体化して際立たせた論点を平板化してみせる、つまり大したことではないのだと証明してみせることもあった。また別の思想を背景にして大がかりに攻めてくることもあった。私は、彼らのこうした攻撃の一つ一つに対応して自説を守ってゆかねばならなかった。

仏語で口頭審査のことは〝スートゥナンス〟と言い、これは〝支える《スートゥニール》〟という動詞の派生語であるのだが、まさにフランスの口頭審査は、審査官の攻撃に対して自分の論文を支える、自分を守る、ということなのである。

二時間半に及ぶ攻防の末、三人の審査官は全員一致で拙論に〝優〟を与えたが、私にはその結果よりも防衛に四苦八苦したことの方が重い事実として心に残っている。

審査が無事に終了したことで一息つきたいところだったが、私はただちにフランス滞在の延長を当局へ申請しに行かねばならなかった。帰国のための準備がまだ何もできていなかったからである。

早朝六時にシテ島のパリ市当局に赴くと、人づてに聞いていたとおり入口付近はすでに開門を待つ中近東、アジア、アフリカの外国人滞在者でごったがえしていた。ざっと千人はいたと思う。九月に施行された規制のあおりでこのような騒ぎになったのだ。警察官が出動していて、まるで捕虜でも扱うように彼らをロープでしきったなかへ押し入れ何列もの縦列に並ばせていた。私もその列の一つに組み入れられ、押し合いへし合いしながら一時間に数メートルずつ前進して、ようやく午後二時に建物内に入ることができたのだった。

そうしたところがまったく理不尽なことに、アジア人部門の受付の係員は、今日は手続きの時間がないから日を改めて出頭せよと私に命じるのである。抗議をしても通じず、私は仕方なく出直すことにした。そして指定された日に再び早朝から列を作り、やっと中へ入ると、今度は私の担当者が性根の腐りきった老女性で、日本人とは不愉快な思いをしたからいっさい交渉しないと頑なに言い張るのである。こんな道理に合わない言葉をぶつけられているのは私だけではない。隣にいたインド人女性は別の女性事務員から、空気の流れが悪くなるからそこに立つなと怒鳴られ（数歩も離れているのに）、また別の窓口の前では、外国人はみな地べたにすわれと強制されている。これが人権の国フランスかと疑いたくなるほどの場内の非人道的な光景であったが、私はともかく貝のように閉じたきりの老婆に希望のない闘いを挑まねばならなかった。

こちらが硬軟いずれの言葉を用いても彼女の答はつねにノンである。それどころかついには窓口を本当に閉ざしてしまうのだった。私は途方に暮れ、しばらく茫然と立ち尽くしていたが、そこへ幸いなことに私の交渉の理不尽さを理解してくれる女性職員が現われ、老婆を飛び越えて手続きを進めてくれた。この女性のおかげで最終的に私は二ヵ月の滞在延長を許可されたのだったが、手続きを済まし、シテ島をセーヌ河沿いに歩き出しても、私の気持ちはいっこうに晴れはしなかった。耳のなかでは、女性事務員たちの荒々しい言葉、獣のような胴間声がいつまでも鳴り響き、また脳裏には、あの老婆のぎすぎすに痩せ細った体と頑なな拒絶の態度が浮かび上がってくるのだった。

三

それから数日後、クリスマス過ぎに、私はフランスへ発った。だがこれもすんなりと運んだわけではない。フランス国鉄の職員が賃上げと待遇改善を要求してクリスマス前から全国規模でストライキに入っていたからだ。このストはさらに部分的にパリ市の地下鉄、バス、そして郵便、電気の公共事業にも広がった。

フランスのストやデモは、日本では見られない激越さ、乱暴さを呈する。攻めながら守るという強硬な姿勢がそこには感じられる。強烈な独善性もフランスの抗議行動の特徴だ。自分の生活権を守るにあたっては一般人の犠牲は当然だとする判断がストをする者たちには働いている。自分を、自分だけを、守ることが何よりも大切なのだと彼らは信じている。

ともかくこうなっては日本への引越し作業は進まない。私はこれを断念して、ほとんど衝動的にパリ東駅へ向かった。間引き運転の可能性を期待していたのだが、駅に着いてみると、人込みばかりでその気配はまるでない。しかしそのうちに、駅の外でランス、ランス、ランスと叫ぶ声がするからそちらへ走ってみると、臨時バスがエンジンをかけて待機していた。

ランスはパリの北東一四〇キロ、列車で一時間半ほどの所にある。高速道路が直線で通じているから車で行けばもっと早い。だが臨時バスは大きく迂回して、他の都市にいくつも立ち寄っていった。ちょうど広大なシャンパーニュ平原の外周を回る格好だ。

バスから見える平原の光景は寒々しいものだった。地平線まで続く冬枯れした麦畑。波のように大きくうねって続く葡萄畑。その葡萄の木はどれも小振りで、葉はもちろんすべて落ちている。

この平原にやがて雪が降り始め、黒い大地は白一色に染め変わってしまった。夕暮れになり空が暗くなっても、平原は白くおぼろに発光している。その白さのなかで整然と果てしなく立ち並ぶ葡萄の木はまるで無数の十字の墓標のように見えてくるのだった。

ランスの駅前にバスが到着したとき、日はもうとっぷりと暮れていた。私は安宿を見つけ荷物を置くと、すぐさま地図を片手に街の中心へと足を運んだ。夕食前にどうしても一目、大聖堂を見ておきたかったのだ。気がせいて狭い路地に迷い込んだり、雪に足をとられたりしたが、しかしとうとう暗い通りを左に折れたとき、視界が一挙に開けて、私の眼前に照明灯をあびた大聖堂の巨大な姿が現われ出たのだった。

雪が降り積もって静まりかえった街中に、大聖堂は凛々《りり》しく聳え立っていた。しかしその凛々しさは、私には過去の災禍に耐えている表情と映った。大聖堂の威容が、逆に、悲劇の記憶に耐えている姿に私には見えたのだ。

今から考えると、このときこんな否定的な見方を大聖堂にしたのは、自分を大聖堂に近づけたいという思いが私に働いていたからなのだろう。私は、知らず、大聖堂に自分と連続したものを、自分自身を、見ようとしていたのかもしれない。

もちろん当時の私は、大聖堂の凛々しさから程遠いくたびれ果てた一留学生であったけれども、しかしかつての大聖堂と同様、私の留学の精神も滅びかけていたのである。

私の留学生活を支えていた精神、それは普遍性への期待だった。普遍的な次元で西欧と出会い、自分の仕事の成果を認めさせる。日本人、フランス人の特殊事情を離れたところで彼らフランス人に自分の研究の正当性、妥当性を、さらには自分自身の存在をも、認めさせる。そんな野心に私は支えられていた。

それだから、日本で書き上げておいた論文をフランスに着いてそうそう専門家に送って雑誌掲載が認められたとき、私はどれほど歓喜し、どれほど勇気づけられたことか。

しかしそれ以降私は、研究による交流も含めフランス人と接するほとんどすべての局面で、彼らから押し返された。私とは違う側に立っていることを彼らは私に感得させるのだ。それも、こちらの心に何かしら傷痕を残す形で。露骨に拒絶の姿勢を示してくることもあった。しかしたいがいは、表向き何げなく対応しながら心の奥底でこちらを冷たく突き放すという二重の態度をとるのだ。歓

て見えてきた。待の素振りを表しているときでさえ、ぎこちない警戒感が、あるいは緊張した防御の構えが、透け

一九八六年の末には私は彼らからのこうした根底的な拒否に身心とも疲れ果ててしまっていた。パリ以外の風景、例えばランスの街の眺めにならば何かしら酸素のようなものが感じられるにちがいない。パリの人々との間で生きてゆくことに窒息しかけていた私は漠然とそう思うようになっていた。当時はまだ、私を普遍から特殊へ押し戻す力はパリ人特有の個性だと考えていたのである。

四

留学時代における、いやそれ以前からの、私の普遍志向の姿勢を支えていたものは、ほかでもないバタイユその人の思想家としての姿勢であった。

バタイユは、民族だとか国家、時代といった特殊な条件にこだわって思索を進めた人ではない。人間の普遍的な思考のあり方を問題にし、この思考の限界、彼方を示すことに専念した人だ。どの人間にも共通してある合理的な思考を前提にしてバタイユは、この思考にはどうにも理解できないものがあることを伝えようとした。この思考しえぬものとは、激しい不快感、底知れぬ不安感をそそりながらも同時にまた抗しがたいほどの魅力を湛えているものなのである。恐しいほどの荒々しさを呈しつつも、怪しげに輝いてこちらを強く牽引する何ものかなのである。これをバタイユは〈聖なるもの〉と呼んでいた。

この〈聖なるもの〉は、体験して感得できるものなのであるが、合理的思考によってはどうやっ

ても解明できないものなのだ。フランス人、ドイツ人、日本人を問わず、カトリック文化圏、プロテスタント文化圏、仏教文化圏の違いに関係なく、また先史時代の人間、二十世紀の人間の如何にかかわらず、この〈聖なるもの〉は本質的に、普遍的に、人間の思考、人間の知力を越え出ているものなのである。

バタイユは、第二次世界大戦中に、〈聖なるもの〉の体験に全身全霊を傾けた。合理的思考をないがしろにせず、それどころか彼は、合理的思考にその限界まで付き従って、これに対比させる形で、これと葛藤を引き起こす形で、思考しえぬものの体験に向かったのである。そしてその記録を日々綴り、書物にまとめて次々上梓した。『内的体験』（一九四三年）、『有罪者』（一九四四年）、『ニーチェについて』（一九四五年）がそれである。後年さらに彼は、これら三冊の書物を『無神学大全』の総題の下に統べ、一つの著作群とした。

『無神学大全』はバタイユの代表作だと言ってよい。それどころか、西欧の思想書のなかでここまで劇的に思考とその限界を描いた作品はほかにはないと言っても過言ではない。

私にとっては、この『無神学大全』がバタイユの世界への第一歩だった。そこで繰り広げられる肉体を賭しての思考のドラマに強く牽引されて、私はバタイユの世界へと入っていったのだ。と同時に、特殊性にこだわらない彼の本質的な問いかけの姿勢に共感を覚え、これをそのまま自分のものにしようと心に決めたのである。

バタイユが問題にしていた思考すらも西欧の特殊性に刻印されているということに私がはっきり思い至るようになったのは、留学を終え日本に帰ってからのことである。

一九八七年二月に私は日本に帰国した。しかしそれ以後も何度かフランスに渡ることはあった。パリを訪れた或る冬の日、タクシーに乗っていたときのことである。運転手氏が日本の自動車工場に一ヵ月研修滞在したこともある大の親日家で、たった二〇分の乗車にもかかわらず、互いに打ち解けて、ずいぶんと話がはずんだ。

フランス人の態度で何が一番気にさわるかと尋ねる彼に、私は、彼らの返答の仕方、とりわけ拒否の意思を言い表す際のぶっきらぼうな言い方が気にさわる、日本人は相手のことをおもんぱかってもっとソフトに受け答えする、それが良心であり礼儀だとフランス式にはっきりと答えてみた。すると運転手氏はこう分析してみせた。そのような柔和な対応は、日本人の間で規律とモラルがしっかりしているから可能なのであって、こちらは規律が守られず無秩序だから、日本人のような対応では、どんどん付け込まれて裸にされてゆく、乱暴なほどに明確に自分の立場を表明しておかないととても生きのびてはゆけない、フランスはそんな寒々しく荒涼とした所だ、と。

この運転手氏の指摘は示唆に富んでいる。哲学が生まれる現場さえも表現している。まさしく無秩序のなかに自分が滅んでいってしまう危険があるから、フランス人は乱暴なほどに強く自己保存の力を示すのだろう。彼らは、すでに日常の生活において、滅んでゆくことへの、死してゆくことへの、意識を持たされているのであり、まさにこの意識から、彼らの自己防御の力、日本人には見られないあの強い自己保存の力は生まれているのだろう。死が彼らを生の保存へと駆り立てているのだ。

これはすでに西欧の哲学の主題である。

存在論とは、アリストテレスの昔から現在まで西欧哲学の中心的な主題であって、〈存在〉の根拠を、〈非在〉あるいは〈無〉と対比させながら明確にしてゆくことをめざしている。〈無〉を前にして、どうやったら〈存在〉の正当性を打ち出せるかを考えてゆく立場なのだ。その根本の動機は、〈無〉から〈存在〉を守るということにある。この意味で存在論は存在防衛論だと言ってよい。〈存在〉を人間自身の存在、生ある個体という意味での人間存在と理解するならば、〈存在〉と〈無〉の対比は、生と死の対比になる。存在論は、そうなると、人間の生の擁護論ということになる。西欧の存在論は、神学から離脱してゆくにつれ、そのようなものになっていった。

バタイユが前提にしている普遍的な思考も、実は、そのような存在論の思考、〈存在〉を守る思考なのである。〈無〉への危機意識に発する強さと力に稼動されたきわめて西欧的な思考なのである。

五

バタイユは自分の思想を〈非《ノン》-知《サヴォワール》〉の哲学と呼んだが、この〈非-知〉とはヘーゲルの〈絶対知〉を念頭に置いて打ち出されたのであり、これを乗り越えることが内容になっている。

このヘーゲルの〈絶対知〉こそは最も西欧的な存在論なのであって、バタイユの〈非-知〉も、〈無〉を志向しはするものの、この存在論に抗う限りにおいて、西欧的になっている。バタイユはヨーガや禅にも興味を示したが、彼が〈非-知〉においてめざしたものは、ヘーゲルが、ヨーロッパが、見まいとして遠ざけたもの、押し返したものなのである。バタイユの反西欧の試みは東洋的ではなく、西欧に規定されている。そもそも、ヘーゲルの力、〈存在〉を守ろうとする西欧の力と戦うバタイユの緊張には、とても日本では見出せないすさまじさがある。

西欧の力に抗いながら〈無〉をめざすバタイユの緊張、それは日本的でもなければ東洋的でもない。バタイユは、普遍的に人間そのものの緊張だと主張しているが、キリスト教の神秘家や聖人の緊張に近いとも言っている。『ニーチェについて』の冒頭には、この緊張及び〈無〉に関する次のような言葉がある。

何ものかが私に書かせている。思うに、恐怖が、狂ってしまうことへの恐怖が、私を書く行為へと駆り立てている。

私は、熱く苦しい渇望に耐えている。それは、満たされぬ欲望のように、私の内で持続している。

私の緊張は、ある意味で、笑いへの狂おしい欲求に似ている。この緊張は、サドの主人公たちを燃え立たす情熱とさほどかわらない。だがまたこの緊張は、殉教者や聖人たちの緊張にも近いのだ……。

私は、この狂熱が、私にあって、人間の特徴をはっきり浮き彫りにさせていることを疑うことができない。しかしまた、こうも言っておかねばならない。この狂熱は、私を不安定へと引きずり込んで、私から耐え難いほどに安らぎを奪うのだ、と。私は、燃え立ち、さまよい、結局は、空虚のままなのだ。私とて、必要にして大いなる行動《アクシオン》を自らに課すことはできる。だが、どの行動も私の熱に答えてはくれない。私がいま問うているのは、ある道徳の追求、つまり、ほかのどの対象よりも価値が勝《まさ》っている一つの対象を追い求めること、これなのである！

ヘーゲルはたしかにバタイユの言う不安定さの方へ出てゆこうとはした。彼の代表作『精神の現象学』の序論には、〈精神〉は、四分五裂に引き裂かれる死の危機に直面し、恐怖でひるむことなくこの危機を真正面から見据えると書かれてある。しかし続いてこう記されているのだ。「精神がかかる威力であるのは、ただ否定的なものを面と向ってまざまざと見詰め、そのそばに足を止めることにのみよっている。しかしこの足を止めるということこそは、否定的なものを存在に転換するところの魔法の力なのである。」（金子武蔵訳）そしてこの力こそ〈絶対知〉の力なのだ。

ヘーゲルは、「否定的なもの」つまり死の危機を、「否定的なものを存在に転換するところの魔法の力」つまり〈存在〉を築いてゆく力に、結びつけてしまっている。ヘーゲルは〈存在〉の建設のために死の体験を利用しているのだ。〈存在〉をよりいっそう堅固なものにすること、ヘーゲルにとってはこれが一番重要なことなのである。そもそも彼は、最初から死に「否定的なもの」だとか「非現実態」、「抽象」という負の意味付けをしてしまっているのであって、そこで〈存在〉の擁護論の立場に立っていることを自ずと示してしまっている。ヘーゲルは、生を守るために、最初から死そのものを、意味付けされていない生身の死を、押し隠してしまっている。

バタイユの〈非-知〉とは、ヘーゲルの言う「否定的なものを存在に転換するところの魔法の力」に逆行してゆく力である。死の方へ〈存在〉を開かせる力である。〈非-知〉は、死に負わされたあらゆる意味付けを取り払って（バタイユの言葉を用いれば「裸形にして」）、〈存在〉を生身の死に直面させる。バタイユは、〈非-知〉の力とともに、生の限界に立ち、死の危機そのものに、つまり無意味に戻された死の危機に、対峙する。

と同時にそこで彼は、砂漠のような空しさと完全な解放感とが入り混じった格別な自由を、とてつもない恐しさとこのうえない恍惚感とが同居している不可思議な感覚を、一言で言えば〈聖なるもの〉を、知覚する。

『精神の現象学』のヘーゲルは、死の恐しさだけを、つまり両面的な〈聖なるもの〉の負の面だけを、強調する。そしてこの恐怖をばねにして〈精神〉にその存在を建設させる。

ヘーゲルの哲学は、自他ともに認めているように、西欧文明の全体を包摂する一つの大全である。『精神の現象学』で語られる〈精神〉も、西欧を体現している。死の危機にさらされながらも〈存在〉を完成させようとする西欧の人間の根源的な運動と、十字架にかけられて死の苦しみを体験したのち聖霊に昇華してゆくキリスト教の神の運動を、ヘーゲルの〈精神〉はともに表わしている。もっともヘーゲルにとっては、人間と神のこの二つの運動は一にして不可分のものなのだが。『精神の現象学』を貫いているのは「真なるものを実体（＝神）としてだけではなく主体（＝人間）としても把握する」という理念である。そしてこの「真なるもの」こそは、〈無〉を斥けて〈存在〉を完成させるという存在論の行程なのだ。

六

ヘーゲルが『精神の現象学』を出版したのは一八〇七年のことである。それからおよそ七五年後の一八八二年に、ニーチェは『悦ばしき学問』を上梓し、そのなかで神の死を宣告した。ニーチェの〈神の死〉の教説は、西欧においては、存在論の終焉の端初という意味を持つ。

バタイユは、一九三〇年代半ばから、パリ高等研究院におけるアレクサンドル・コジェーヴの『精神の現象学』読解の講義を熱心に聴講していた（一九三三年から三九年まで開かれたこの講義はフランスにおける最初のヘーゲル哲学紹介の試みだった）。そしてこれと同時にバタイユはニーチェの思想の本格的な摂取に向かっていた。とりわけ一八八〇年以降の後期ニーチェの著作、及び『力への意志』としてニーチェの死後まとめられたこの時期の厖大な遺稿断片を丹念に読み込んでいた。

西欧の存在論を完成させる哲学と西欧の存在論を批判し終焉させる哲学をバタイユはともに学んでいたのである。彼は、前者から後者へ、ヘーゲルからニーチェへ、発展してゆくことを考えていた。ただしニーチェについて言えば、ニーチェはいまだ存在論への批判が矛盾していたり不充分であったので、バタイユは「ニーチェの哲学に帰結を与える」という標語を掲げながら、ニーチェ以上の試みをめざしたのである。すなわち〈存在〉に一方的に加担する西欧の姿勢を厳密に相対化してみせ、なおかつ彼自ら〈存在〉の限界へ出て、西欧が見まいとしてきたものを体験していったのである。

『無神学大全』はこうした努力の一つの到達点である。この題名はトマス・アキナスの『神学大全』の愉快なパロディーであるが、しかし『神学大全』だけの批判を表わしているのではない。バタイユの無神学は、神のであれ、個人のであれ、〈存在〉を一方的に信じることいっさいへの批判なのである。

西欧では現在でもバタイユの批判は有効であるが、一九八七年私が帰国したとき、日本では早くもバタイユは現代の古典とみなされつつあった。バタイユはもう現代社会を読み解くための尺度を与えてくれないと思う者が出てきていたし、また単にバタイユの発言に飽きてしまった者も現われつつあった。

バタイユに代わって注目されだしていたのは、デリダ、ドゥルーズ、フーコーらポスト構造主義者と呼ばれる現代フランスの思想家たちである。彼らの打ち出した概念が何と気楽に語られていたことか。〈脱構築《デコンストリュクシオン》〉、〈エクリチュール〉、〈表層〉、〈差異〉、〈外部〉、〈アルケオロジー〉、等々。帰国して私が目にしたのは、日本の知識人たちがこれらの新奇な哲学用語を、概念規定も曖昧なまま、実に安易に使用している光景だった。

日本の知識人の特殊性は、西欧の特殊性に無頓着なままに、西欧の新概念を取り入れ、内面化することなくただ新たな意匠として振りかざすというところにある。日本の社会に西欧の新概念がどれほど対応しているのか、構造主義を生み出さなかった国にポスト構造主義の用語が語られるいかなる本質的理由があるのか、彼らはまず考えてみるべきなのだ。パリの百貨店でブランドの新製品を買い漁る日本人観光客と同じに、彼らはフランス物の〝ブランド用語〟に飛び付いてはこれを纏《まと》い気取っているわけだが、もうこんな特殊性からは離脱すべきときが来ていると思う。

七

〈他者〉という言葉も、現在の日本の知識人の間で大もてのフランス産の〃ブランド用語〃だ。そしてこの〈他者〉も、西欧の特殊性を、つまり日本人のあずかり知らぬ緊張と闇を宿しているので注意しなければならない。

西欧の〈他者〉は〃野蛮〃という意味内容を含んでいる。フランス語の〃野蛮(barbarie《バルバリー》)〃の語源はギリシア語の〃異民族(barbaroi《バルバロイ》)〃であり、この〃バルバロイ〃という言葉は理解し難い言葉をベラベラ(barbar)と喋るというところからきたらしい。まさに〈他者〉とは、そのようにこちらの尺度ではとうてい測ることができない存在を指しているのである。今までの自分たちの理性ではまったく理解の及ばない、そういう謎めいた存在のことなのである。

いやそれだけではない、〈他者〉はさらにこちらに襲いかかってくる存在でもあった。西欧史、とりわけフランスの歴史は、異民族による侵略の繰り返しだったと言って過言ではない。そもそもフランスは、その前史からして、侵略と切り離せない。今のフランスの地ガリアにはもともとケルト人が住んでいたが、そこへシーザーの率いる古代ローマ人が攻め込み、さらにその四〇〇年後にはゲルマン系のフランク人が侵入して、フランスの母体であるフランク王国を打ち建てた。フランス人の祖先はこれら三種の種族の混血であると一応考えられている。

その後、二十世紀の今日まで、フランス人は異民族の侵略を連続して受苦することになる。イスラム教徒のアラブ人、ヴァイキングのノルマン人、ハンガリーの騎馬兵たち、イギリス王朝、プロイセン軍、そしてナチス・ドイツ。これら東西南北すべての方角から次々に押し寄せてくる異民族によりフランスは国土を蹂躙《じゅうりん》された。

そもそも侵略とは具体的にどういうことなのか。ルーヴル美術館を歩いていたとき、私はフェルメールやブリューゲルの名画の並びに侵略の模様をリアルに描いた無名画家の絵を見出した。絵のなかの人々はこの上なく悲惨な仕打ちを受けている。男はしゃがまされて首を切り落とされ、若い女は裸で地べたに転がされ、年寄りは腹を蹴飛ばされ、子供は虐殺されるかさらわれてゆく。おそらくこれが侵略のノーマルな光景なのだろう。ボスニア・ヘルツェゴビナで起きている残虐行為は、ヨーロッパにおいてけっして例外的な出来事ではないのである。人間にとって最低の仕打ちをフランス人もまた異民族から繰り返し受けてきたのだ。

〈他者〉の概念にはこのような虐待の追憶がこもっている。フランス人は、外国人に対してはもちろんのこと、同国の見知らぬ人に対して、いや多少知り合いになった人に対してさえ、強い警戒心と猜疑心を抱き、距離を置こうとする。彼らは〈他者〉のうちに〈無〉を感じ取っている。自分の〈存在〉が滅んでゆく危険な暗夜を〈他者〉のなかに見て取っているのだ。彼らにとって〈他者〉とは、理解できない人というだけではなく、何かしら無気味で不吉な予兆を、死の影のようなものを、はらんだ存在でもあるのである。

かくいう私も、どうしたことか、フランスにいる間に、彼らの眼に恐しい闇を感じたことが一度ならずあった。目頭の異様な切り込み、ぎょろりとした眼球、そしてくぼんだ眼窩が醸し出す、それは何ともおどろおどろしい気配だった。深々とした醜さと形容した方が近いかもしれない。ともかく相手のそんな気味の悪い眼の雰囲気に何度か射すくめられ、身の震えを感じたことを覚えている。

フランス人は〈他者〉との関係において存在論の地平に立っている。もちろんすべてのフランス人が、他人を前にしたときに、いつも、そして明確に、存在論を意識しているわけではない。だが彼らの心の底には存在論の感覚が確実に住みついている。とりわけ都会人においてはそうだ。そして都会のなかの都会、外国人や移民、地方出身者が群がるパリの住民の心のなかには、こうした〈他者〉への存在論的な意識が強く息づいている。

だから例えば地下鉄の雰囲気なども日本とはだいぶ違う。

東京の午後の地下鉄なり私鉄に乗ったとしてみよう。車両のなかには何とも一様で穏やかな雰囲気が感じられる。〝穏やかな〟という言葉は〝弛緩した〟という言葉に置き換えてもよい。うたた寝をしている者、しどけない姿でただぼんやりと座っている者、呑気な顔でスポーツ新聞や漫画を読んでいる者。そこは半睡状態の自我の群れだ。朝の通勤時においてもこの雰囲気に根本的な相違はない。

それに対しパリのメトロのなかはいつもひどく寒々しい。どれほど人が乗っていても、いや人がいればいるほど、雰囲気は冷たく、孤独が意識されてくる。赤の他人の群れとでも言おうか、そのよそよそしさは格別な感じがする。そしてどの乗客も何がしか緊張感を湛えている。居眠りなどしている者はまず絶対にいない。本を読む者はわずかに見かけるけれども、その顔は引き締まっている。とにかく乗客の眼差しはどれも醒めた意識で息づいている。

私は、パリにあって一人の外国人であったから、当然のこと、フランス人から〈他者〉として扱われていた。彼らの冷たい反応には、アジア人蔑視、フランスへの尊大な自意識という要素も働いていただろう。だがそれよりも根本的に、〈無〉への嫌悪感が作用していたのだ。〈存在〉を無化するものを押し返そうとする暗黙の力。パリにいた私はこの力に、直接間接に遭遇し続けて疲れ果ててしまったのである。

一九八六年十二月、私は、そのようなパリの人々の斥力にほとほと疲弊し、半ば衝動的にパリを抜け出て、ランスへ向かったのである。ランスの風景にならば、その種の強い力に出会わないだろうと期待して。

それから七年経た今、私は、まったく逆の思いを抱いて、ランスの大聖堂の前に立っている。ランスこそは、ヨーロッパの中北部に発生した最初の都市の一つであったのであり、その住民は〈存在〉を守る西欧の力を最初に表出させた人たちに数えられる。

十二世紀の半ば、それまで単なる交通の要衝の地にすぎなかった北フランスのいくつかの町は、一帯の農業生産の増大にともない、交易と産業の急速な発展を知り、遠近様々な村からの大量の人口流入を見た。そうしてこれらの交通の要衝の地は都市になりかわったのだが、その初代の都市の住民たちは、まさに〈他者〉の集まり、氏素姓の分からぬ無気味で不可解な人間たちの集まりだったのである。彼ら初めて都市を形成した者たちの相互の不信ぶり、不安の程度は、おそらく多様な人間が入り混じる今のパリの住民のそれに匹敵するか、凌ぐものであっただろう。

これら北フランスの新興諸都市の一つ一つにゴシックの大聖堂は建てられていった。新都市の経済力とともに、その住民たちの不安の力が大伽藍を建立させたのである。

ノルマン人たちの侵略と略奪がいまだ昨日のことのように生々しく脳裡に甦ってくる彼らにとって、新たに見る、そして周囲を取り囲む〈他者〉たちはどれも、自らの個体としての存続を危うくする何ものかと映ったであろう。この死への不安から彼らは、キリスト教聖職者たちが差し出す救済の思想に縋り、自らの生を救おうとしていた。こうした死への不安とそれにともなう救済への意志によって、大聖堂は、この地上の神の国は、人皆救われる神の国は、建設されていった。そして死の不浄を恐れる力によって造られたからこそ、優美で壮麗になったのだ。

バタイユは一九〇〇年から一八年間ランスの住民であったのだが、その追憶をもとに書かれた『ランスのノートルダム大聖堂』は大聖堂を建設したランスの初代の市民たちの心理と同様のものを感じさせる。バタイユもまた〈存在〉の不安に襲われ、その不安の解消を大聖堂に求めていたのである。

私は、夕闇が降りてしまう前に、バタイユ一家が住んでいた建物を一目見ておこうと思った。

八

私は、大聖堂の北側面に沿った道を辿り、やがて左に折れて、ランスの旧市街《ヴィユー・カルチェ》の中心地〝王の広場〟へ出た。

フランスで旧市街とはふつう中世から存在する古い街並のことを指している。ランスにはその意

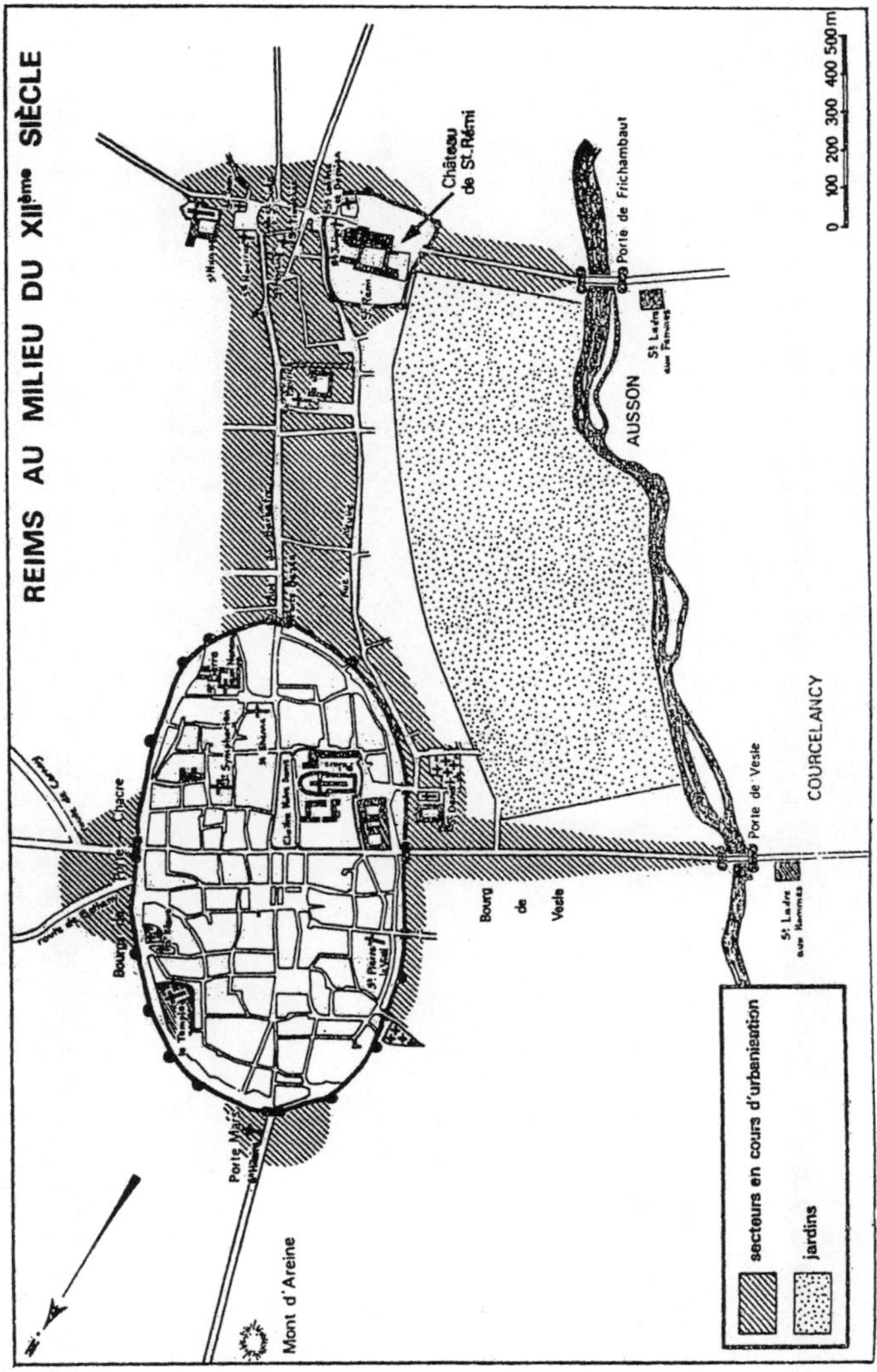

12世紀半ば頃のランス（左の楕円形に広がる空間が旧市街）

味での旧市街はない。なぜなら第一次世界大戦中にドイツ軍から延べ八五七日の砲撃を受けて、ランスの旧市街はほとんど壊滅してしまったのだから。現在の旧市街は、一九二〇年代に復興された新しい空間なのである。大聖堂も〝王の広場〟もこのときに全面的に修復されたのだ。

私は〝王の広場〟から、旧市街の境界、かつては城門のあったアリスティッド・ブリアン広場に進み、さらに、北東へ一直線に延びるジャン・ジョレス通りへ向かった。この通りは二車線の狭い道だが幹線道路で、五〇キロも行けばランボーの生まれたベルギー国境の都市シャルルヴィルへ出る。

道の両脇は新市街の商店が立ち並び、パン屋や八百屋は夕食仕度の主婦たちでにぎわっていた。しかしやがてその商店もまばらになってゆく。

大聖堂から一五分は歩いたと思う。いつのまにか歩道はアスファルトの舗装道路から第一次世界大戦前の石畳の道にかわり、通りの両側にも戦禍を免れた、あるいは軽度の損傷を修復したような、石造りの古い家並が現われ出した。私は、そのなかでもとりわけ古くて暗い建物の前で足を止めた。ジャン・ジョレス通り六五番地のアパルトマン形式の家、この家こそがバタイユの住居だった所だ。

濃い灰色の、いや黒ずんだと言った方がよいその二階建ての石の建物には、大きな窓が一、二階とも三つ、道路に面して並んでいる。二階の窓にはみな重そうな鎧戸が降ろされていた。もう宵闇が近づいていて、辺りの家には暗い気配ながらも明かりが灯っているのだが、この建物からは一条の光も漏れてこない。まるで廃屋のように打ち沈み、静まりかえっている。バタイユの生家、フランス中部オーヴェルニュ地方の小村ビヨンにある白い家を訪れたときもどことなく不吉な印象を覚えたが、ここはそれよりももっと暗く、死の気配を漂わせている。あたかもバタイユのどん底の少年時代をそのまま表わしているかのように。

バタイユは一八九七年ビヨンで生まれ、三歳のときにランスのこの家に移り住んだ。父親は彼が生まれたときにはすでに梅毒を病み、全盲となっていた。そしてランスに転居したときには、梅毒は脊髄癆に発展していて、父親から四肢の自由を奪ってしまっていた。全盲で全身不随ではもはや大小便すら一人ではままならない。バタイユは子供のときから父親の介助にあたらされたが、そのたびごとに彼は、難儀する父親の姿、その醜悪な表情、不潔な有り様を見せつけられ、不快な衝撃を胸にきざみつけられていた。

父親はそもそも面差しからして異様で、息子を威嚇していた。「父は先の尖った、手入れの悪い、灰色の口髭を生やし、鷲のような大きな鼻と、じっと虚空を見つめる、くぼんだ大きな眼をしていた。」父親の眼は、とりわけ排泄行為の際には大きく見開かれ、さらには瞳が上にあがって白眼に成り変わってしまうのだった。こうした父親の鷲のような顔、白眼に転じる大きな眼は、少年バタイユの心に鮮明に焼き付き、おぞましさの強迫観念となって彼の内部に住みついてゆく。そして特に眼の方のイメージは、その後の彼の創作活動、思想形成に深い影響を及ぼした。すなわち大きく見開かれた眼は、排泄行為と結びついたまま小説『眼球譚』のライトモチーフになり、また白眼に転じるイメージは『無神学大全』や小説『マダム・エドワルダ』において〈非-知〉の逆説的な眼差し、つまり〈聖なるもの〉を見る盲目の眼差しのテーマへ昇華していった。

年を追うごとに父親の肉体は脊髄癆の進行で滅んでゆく。ついには父親は下肢に走る電撃性の疼痛から獣のような叫びを発するようになった。精神の方も異常をきたし、突拍子もない言葉や意味不明の文句がわめきちらされるようになる。

こうした父親の身心の崩壊はそのまま家庭の崩壊につながっていった。母親は絶望のあまり何度か自殺を試みる。バタイユの証言によれば、河に飛び込んだり、屋根裏部屋で首をつろうとした。そうしたなかでバタイユの精神も安定を失ってゆく。学業などにはとうてい身が入らず、近くの田野にさまよい出る日が続き、ついには高校から放校処分を受けてしまう。

ジャン・ジョレス通りのこの黒ずんだ家でバタイユが日々見せつけられていたのは、死の具体的な表われだったと言ってよい。父親の肉体と精神は、進行する病いで刻一刻と滅んでゆきながら、死の威力を忠実に具現していたのである。一〇年有余の歳月、バタイユはこの家で、死の自己表現と対峙し続けていた。幼少時、そして少年時と、彼はいやおうなしに〈存在〉と〈無〉の地平に立たされ、死の脅威にさらされ続けた。壊れてゆく父親を通して、死の恐しさ、おぞましさ、不浄さを如実に、そして絶え間なく、体験させられたのである。

九

このような死との対峙が続くなかで、少年バタイユの生は不安によってどんどん揺らいでいった。そしてこれに拍車をかけるように、一九一四年七月、第一次世界大戦が勃発する。唯一人の兄マルシャルは八月一日の動員令で軍隊へとられていった。八月三日ドイツ軍はベルギーに侵入し、その後も大きく弧を描くように進攻して、日一日とフランスの国境へ迫ってきていた。バタイユは家庭

爆撃を受けて炎上するランスの大聖堂

からだけではなく、世界からも、不安をかきたてられるようになる。彼の視界のなかで生の支えの可能性として見えていたのはもはや宗教だけだった。信仰とは無縁の環境に生い育った彼は自ら、この八月、十六歳と十一ヵ月のときに、カトリックへの入信を決意し、ランスの大聖堂で洗礼を受けた。そしてその直後の八月十四日、ドイツ軍の北フランス侵攻はもはや時間の問題になり、バタイユは、市の退却勧告に従って、他の大勢の住民とともにランスをあとにした。父親を置き去りにし（家政婦だけに看護をまかせて）、母親と二人で、オーヴェルニュ地方の母親の故郷リオン＝エス＝モンターニュへ旅立ったのである。

この父親の遺棄は、バタイユのキリスト教信仰と連続的に結びついている。少くとも彼の意識のなかではそうだった。三〇年後、彼はこう告白している。「私の信仰は逃避の試みでしかない。私は是が非でも運命から逃げようとしていた。そうして私は父を捨てたのだ。」

少年バタイユの運命とは、父親と、すなわち死の自己表現と対峙して生きてゆかねばならないということだった。そして彼にとって信仰はこの運命から逃避することだった。もっと正確に言えば、彼の信仰は、死からの逃避であり、死を体現していた父親を、精神上、遺棄することだったのである。父親の置き去りは、彼のこの信仰内容の現実上の実行でしかなかったのだ。

もちろんランスから遠ざかっただけで父のことが忘れられるわけがない。それどころか逆にこの現実上の父親遺棄は償いようもない罪の意識となってバタイユを強く責め立てた。彼はこれまで以上に激しく精神の混乱を覚えるようになる。とりわけ一年後に、ランスでの父親の孤独な死の知らせを受け取ってからはそうだったろう。リオン－エス－モンターニュのバタイユは、村の中央にあるロマネスクの教会堂に足繁く通っては罪を懺悔し神の加護を得ようと努めた。父親は遠くに離れていても死んでも息子を〈存在〉の限界へ連れだし、息子は信仰の力を借りて、この限界線上での不安と混乱を何とか収束させようとしていた。

バタイユの信仰の意味は、しかしこれだけにとどまらない。

矛盾したことに、彼の信仰はのちに彼を信仰から離脱させる要素をも含んでいた。その要素とは、一言で言えば〈聖なるもの〉への情熱的な追求である。

キリスト教は〈聖なるもの〉を意味付けしながら語っている。〈聖なるもの〉、例えば光が引き起こす眩暈は、本来意味を持たないものであり、理性によっては把握できない強烈な何ものかなのであるが、キリスト教はこれを神に結びつけ、神の良き印という意味を持たせて理解可能なものにする。

もちろんそのようにしてもキリスト教は〈聖なるもの〉を〈俗なるもの〉に、日常のただの事物に還元してしまったわけではない。その驚異の側面、人を牽引する不可思議な力は残存させている。いやむしろこの力を利用して、自己の存在を高めていると言った方が適切かもしれない。

いずれにせよバタイユはキリスト教が差し出す〈聖なるもの〉に引き寄せられ、そのなかへ自身を没入させようとしていた。リオン－エス－モンターニュのロマネスク教会堂の薄暗い堂内で彼は、聖人や神秘家のように、一人観想に沈んでは神の聖性に浸っていた。こうした聖性への追求を徹底させるべく彼は、さらにオーヴェルニュ地方のサン－フルールの神学校に入学し寄宿生としての生活を送り出す。そして将来、司祭か修道士の道に進むことを真剣に考え始めていた。

バタイユの事実上の処女作『ランスのノートルダム大聖堂』は、このサン－フルールにおいて一九一八年少部数限定で刊行されている。エッセー風のこの小作品は、棄教後のバタイユによってはついに一度も言及されず、彼の死後およそ一〇年してようやく再発見された。『無神学大全』の作者からしてみれば、護教的な色彩の強い作品が自分の処女作であったなどとはとうてい公言できなかったのだろう。

『ランスのノートルダム大聖堂』の主題は、第一次世界大戦で疲弊したフランスの青年たち、特にオーヴェルニュの若者たちに向けた敬虔な激励なのであるが、バタイユの信仰の二つの要素――死の不安の解消と〈聖なるもの〉への情熱的な追求――がそこにはよく読み取れる。

廃墟と化したランスの大聖堂

　そして私は、誰しも生きてゆくにはこの大聖堂の光が輝いているのを見なければならないと思うのだ。我々の間には、あまりに多くの苦痛、あまりに多くの暗闇がある。そしてそこではどんなことも、死の影のなかで大きくなってゆく。ジャンヌ・ダルクも、声と希望で満ちていたのに、牢獄に連れてゆかれ、火刑に処されてしまった。われわれもまた、将来、涙の日々を迎えることになるだろう。我々の死の日は、盗人のように、前々からわれわれを窺っている。それ故我々は慰めに飢えた者になっている。たしかに神の光は我々すべてのために輝いているのだが、我々は日々の不幸のなかでさまよっている。この不幸は、冷たい部屋の埃のようなものであり、また十一月の霧のようなものでもある。ところで、或る日、私は、みすぼらしくこの不幸を嘆いていたときに、友人から「ランスの大聖堂を忘れるな」と言われ、すぐさま大聖堂を思い起こしたのだったが、そのとき追憶のなかの大聖堂はあまりに崇高であったため、私は、自分自身の外へ、永遠に新しい光のなかへ、投げ出されたような気がしたのだった。私はこのとき大聖堂を、神が我々に残された一番高く素晴しい慰めとして見ていた。そして私は、たとえ廃墟になっても大聖堂は我々のなかで、死にゆく者のための母親として在り続けるだろうと思ったのである。これはまさしく、独房のなか、苦痛にあった至福のジャンヌ・ダルクを慰めていたヴィジョンにほかならない。なぜならば、彼女は人間たちよりも、すべての不幸よりも強大な欲望で、勝ちほこる光を求めていたのであり、ランスの大聖堂の鐘は、まさにその彼女のために、そのような勝ちほこる光のなかで、高鳴ったのだから。私自身このジャンヌ・ダルクのヴィジョンを体験し、四年経た今でも深く動かされているのであるが、このヴィジョンこそ、陽光にまとわれたランスのノートルダム大聖堂とともにあなたたちの欲望に私が捧げる光なのだ。

大聖堂の追憶、バタイユにとってそれは、慰めの光の体験だった。「我々は慰めに飢えた者になっている」とあるが、当時のバタイユこそ自身への慰めを誰よりも欲していたのである。「あまりに多くの苦痛、あまりに多くの暗闇」、「死の影」、「涙の日々」、盗人のようにこちらを窺っている死、これらは何よりも二一歳の、そしてそのときまでのバタイユ自身の生を説明する言葉なのである。ランスの大聖堂の神秘的、脱自的《エクスタティック》な追想のなかで、彼は、このような死に対峙させられた生への慰めを手に入れる。

もっと正確に言えば、バタイユは、ノートルダム、すなわち聖母マリアの仲立ちを介して、神の慰めの光を得ることができたのである。「神の光は我々すべてのために輝いているのだが、我々は日々の不幸のなかでさまよっている。」神の光が不幸な者たちに達するためには、聖母マリアの執《と》り成《な》しが必要なのである。ノートルダム大聖堂は、聖母の執り成し役を務めて、バタイユに神の光を届けたのだった。

一〇

オーヴェルニュのバタイユは、不安によって壊れかかった自分の生を、大聖堂の母性に縋って、建て直そうとしている。バタイユのこの姿勢をエディプス・コンプレックスのそれと解釈するのはあまりに単純な見方だろう。なるほどバタイユは、精神の上でも現実の上でも、父親を捨て、母親とともに母親の故郷に走ったのだった。しかしこの事実とて簡単にそういう尺度では測れない。なぜなら、彼の父親は、通常の父親とはまったく違っていたのであり、一般に見られる父―母―子の愛憎関係、いわゆるエディプスの三角形の外に最初から出てしまっていたからである。バタイユにおいて、父親との間の相克は、父という権威ある人格との相克でもなければ、一人の男性ライヴァルとの相克でもなかった。繰り返すが、それは何よりも死との相克だったのである。そして母親への彼の傾斜も、母性の情愛への追慕などというなまやさしいものではなかった。死の体現者との共生の果ての、生への最後の選択だったのである。

バタイユと大聖堂の関係も、エディプス・コンプレックスよりももっと根源的な生と死の視点から、そしてもっと広い歴史的、文化的な視点から、眺めてみる必要がある。

大聖堂の母性に傾斜するバタイユの心理は、父との対峙の果てに母へと向かった彼の心理と同時に生まれたのであり、また内容を一にしている。死に面しての生への欲求から、彼は、大聖堂の母性に期待を寄せこれに縋ったのだ。

こうした大聖堂への対し方は、バタイユ一人の傾向ではなかった。大聖堂を生誕させた人々からして、切羽詰まった生への欲求から大聖堂を母性に見たて、これに縋ろうとしていたのである。

ゴシック様式の巨大な教会堂は、十二世紀半ばパリ近郊のサン＝ドニをかわきりに、北フランスの新興諸都市に次々と建立されていったのであるが、その多くは聖母マリアに捧げることが念頭に置かれていた。パリの大聖堂だけがノートルダムと称されて建築されたのではない。ラン、サンリス、ノワイヨン、ストラスブール、ルーアン、シャルトル、ランス、アミアン、クータンス、ざっとこれだけの都市に、ノートルダムの名の冠された大聖堂は建てられていった。

こうした聖母崇拝は、それ以前の時代には見られない現象である。ゴシック様式以前の、すなわちロマネスク様式の教会堂はそのほとんどが聖マルタン、聖ピエールなどの守護聖人に捧げられている。そしてロマネスクの教会堂は、片田舎の農村に建てられている。聖母崇拝は都市の勃興とともに起きた現象にほかならない。それは初期の都市住民の心理の表出だった。

彼ら都市を興した者たちの多くは、村落共同体の出身者だった。村落共同体には、農耕に従事する者たち相互の地縁的なつながり、さらには一族の血縁的な結合すらもあった。この親密さに支えられていたために、村落共同体の成員たちの生は、安定していたし、またそれ故に強くもあった。そしてそのように生が強固であったからこそ彼らは、例えばロマネスク教会堂を特色づける堂内の深い闇にも、また教会堂の不均衡で無骨な作りにも、タンパン（正面扉口《ポルタイユ》の上の半円形の壁）に彫られた裁きの神としてのイエス像の厳しい表情にも、耐えることができたのだ。いやむしろ生の安定と強さ故に、こうした闇、無秩序、厳しさを欲してさえいたと言いうるかもしれない。

村落共同体を去った者たちはそんなものを欲するどころか耐えることさえできなくなっていた。地縁的、血縁的共同性を離れた彼らは、言わば根なし草として、そして相互に無縁な雑民として、不安のまま都市の形成に向かった。彼らは、農村各々の掟の特殊性を排した普遍的な法を作り出し、その遵守を相互に誓い合って都市という新たな共同体を築いていった。こうして都市法、裁判所、市参事会（有力市民による行政機構）を持つ中世の自治都市が、とりわけアルプス以北の交通の要衝地に次々とできていったのだが、しかしこの誓約の遵守という形式的な共同性は彼ら新都市住民の精神の不安をいっこうに癒してはくれなかったのである。

ちょうどこれらの都市が興りつつあった十二世紀の半ば、神秘主義的な神学者聖ベルナールは聖母マリアへの崇拝を称揚したのだったが、この聖母崇拝はその後たちまち民間主導の信仰としてこれらの都市の住民に広まっていった。裁きの神の峻厳さにはとうてい耐えられなくなっていた彼らは、神にむしろ慰めを求めていたのであり、そうしたなかに現われた新たな、神の優しき執り成し役としてのマリア像は、彼らにはまさに第二の救世主と見えたのだった。これまで味わったことのない根源的な不安にさいなまれていた彼ら初代の市民層にとって、神の慰めを届けてくれる優しき仲介者は、生の一縷の望みと映ったのである。彼らはさらにこの生の望みを、教会堂として、より強固なものに作り上げることを考え始めた。その教会堂は、ロマネスク教会堂と違い、都市の中央に堂々と聳え立ち、光に満ち溢れ、秩序と洗練を可能な限り体現する壮麗な大会堂でなくてはならなかった。

二

大聖堂研究で今なお主流を占めているのは、エルウィン・パノフスキーによるスコラ哲学の影響を第一に重視する解釈である（彼の著書『ゴシック建築とスコラ学』は一九五一年の出版）。

たしかにパノフスキーが注目しているように、十二世紀半ばに始まり十三世紀に絶頂を迎える大聖堂の時代はスコラ哲学の初期から盛期に重なっていた。パノフスキーによれば、大聖堂建築は一つの壮大な調和の体系をめざしたのであり、そこにはスコラ哲学の巨大な理性主義、すなわち相矛盾するいかなるものをも整合的に統合してゆく弁証法とスンマ（総合的体系）の思想の影響が見られるということになる。

しかし聖母マリアの名を冠する教会堂を建てるという発想は、スコラ哲学の側から出てきたのではなかった。カトリック教会側から生まれたのですらなかった。ランスの大聖堂の正面扉口《ポルタイユ》の中央には王冠を戴いた聖母の彫像が堂々と飾られているが、このような過剰な聖母崇拝は教会の公認するところではなかった。民衆の勢いに押されて、容認せざるをえなくなっていたというのが実情のようである。

また大聖堂建設の実権を握っていたのは、聖職者と自治都市の有力商人からなる教会参事会（司教直属の組織）であったのであり、後者の会員たちは、たとえ聖職者、司教と対立しても、その強大な経済力を背景に自らの主張を押し通していった。

新興の市民層は、聖職者たちと同様に、秩序、美、光を理性的なもの、神の理性に結びついたものとみなし、その上でこれらの具現を大聖堂に求めていたのであるが、この理性的なものによって精神の安寧を得ようと願う彼らの救済への情動はおよそ理性的と言えるものではなかった。

これは端的に、北フランスの大聖堂があまりに巨大に構想されたためどれ一つとして完成に至らなかったという事実によく現われている。当時の自治都市の経済力はたしかに目を見張るものがあったけれども、しかしこれを冷静に算定していたならば大聖堂はもう少し小規模に構想されて、完成を見ていたはずなのである。

救済への欲求ということであれば、大聖堂は当時のもう一つの出来事、巡礼に結びついている。北フランスにカトリックの大会堂が林立し始めた頃は、またスペインの西の果てサンティアゴ・デ＝コンポステラなどの遠隔地への巡礼が盛んにおこなわれていた時期でもある。巡礼者たちは、ただ聖人の聖遺物に触れて救済されることだけを願って、長い旅に出たのだった。

救済を求める旅ということであれば十字軍遠征もそのような性格を持っていた。神の国、天上のエルサレムは、最後の審判のときにそのまま地上に降りてくるのであって、地上のエルサレムで死んでおけばいずれキリストのそばにいられることになる。こんな救済の作り話を聖職者から聞かされて、貴族も民衆も、パレスチナの聖都をめざし数千キロに及ぶ遠征に出たのである。

死の不安に駆られての救済の希求。大聖堂建立の精神もそのようなものだ。ゴシック様式の大伽藍は、北フランスに端を発し、ヨーロッパの各都市に建設されていった。二〇〇年、三〇〇年という年月の間、建築され続け、ほとんどのものは未完のまま放念された。それでも存在救済の情動は消えてしまったわけではない。ヨーロッパ都市文明の底流となって今日まで存続している。『ランスのノートルダム大聖堂』のバタイユも、この情動を分け持ち、表出させている。

だが彼は、存在擁護のこの西欧の力に強く駆られながらも、やがてこれを相対化してゆく。自分の内なる西欧と相対峙し闘争してゆく。信仰を捨てるとともに彼は再び父の方へと、父の体現していた死の脅威の方へと、戻ってゆく。そして〈存在〉の限界で、純然たる〈聖なるもの〉を、恐怖と恍惚の入り混じった特別な感覚を、体験する。

バタイユにこのような転換をもたらしたものは、彼の信仰のうちにすでにあった。『ランスのノートルダム大聖堂』のなかにも書き込まれている脱自的な体験がそれである。

二

バタイユ自身の証言によれば、棄教の直接のきっかけは、一九二〇年のロンドンにおけるアンリ・ベルクソンとの会見であった。二十三歳のバタイユは、六十一歳の老哲学者の慎重な言動にも、会見の準備のため読んでおいた彼の著書『笑い』にも失望を覚えたが、しかしベルクソンとのこの出会いを契機にやがて笑いの体験を意識的に考察するようになり、笑いの情動が人を神学の教義の彼方へ、無意味な「世界の底」へ、〈無〉へ、導くことを悟るに至る。

一九二三年にはニーチェの『ツァラトゥストラ』や『善悪の彼岸』を我を忘れて読み耽ったが、この頃にはもう彼は信仰を完全に捨て去っていた。〈神の死〉の高みからはカトリック信仰はあまりに低く、狭隘で、不自由に見えたのである。

キリスト教道徳の拘束から自らを解くと、バタイユはただちにエロチシズムの世界へ走った。信仰時代には神秘的な瞑想体験のなかに注いでいた豊饒な情念を、彼は今や性の体験へ差し向ける。そして不浄な淫楽に耽りながら、〈聖なるもの〉と交わった。その〈聖なるもの〉は、しかし、いかなる意味付けからも、利用からも、解放された純粋このうえない「裸形の」ものだった。〈聖なるもの〉をめざすバタイユの脱自の体験は信仰時代とその後で連続しているけれども、当の〈聖なるもの〉は、彼が道徳的に不純になるのに応じて、純粋化したのである。

エロチシズムの体験のなかに、カトリックの瞑想体験にはない至純な光を見出したバタイユは、以後、パリ国立図書館に勤務するかたわら、夜はパリ、サン゠ドニの娼婦街で遊蕩に溺れる日が続いた。そうした性の快楽を、例えば生涯の盟友ジャン・ピエルにはこう告白している。「なあジャン、こう言ったら君にも分かってもらえると思うけれども、二人の間での性交と何人もの間での性交とでは、風呂に浸《つか》るのと海水浴ほどの違いがあるのさ。」

このような逸脱したエロチシズムに耽るうちにバタイユは、そこで味わわれる無上の喜悦こそ人間の生の真の目的だと考えるようになる。「エロチシズムは死におけるまでの生の称揚である。」晩年の彼のこの定式も青春の淫楽から得られたものだ。

しかし生の目的であり、生の称揚だとしても、この快楽は瞬間の出来事であり、限界体験が終わってしまえば、消えてなくなってしまう。あとにはただ空しさと生の不安が残るだけである。信仰を捨てたバタイユは、生を支えるよすがを失っていた。大聖堂からの慰めは拒否している。

それどころか、個人と社会の存立を可能ならしめてきた西欧近代の超越的な諸概念〈〈進歩〉、〈英知〉、〈博愛〉等〉すべてを拒絶していた。エロチシズムのなかで生の真の目的を生きる一方でバタイユは、西欧をあえて向こうに回しての完全な不安に陥り、そこで懊悩することになる。一九二六年には極度の神経症《ノイローゼ》と躁鬱症から、精神分析医のもとを訪れ、診療を受けている。

そんなバタイユを、サルトルは、一九四三年発表のバタイユ論「新しい神秘家」のなかで、「喪服を纏い、死んだ妻の追憶のうちに孤独な罪に耽る慰めようもない寡夫」とこきおろした。そして、死んだ神を追慕するあまりバタイユは自ら〈未知なるもの〉という新たな神を作り出し、これと神秘的に交わるに至ったと断じる。バタイユの笑いは苦渋に満ちた黄色い笑い（苦笑い）だとも言い切っている。

そのサルトルにバタイユは、『ニーチェについて』のなかで、棄教後に訪れたイタリアのシエナの大聖堂を追想しながら、反論している。神の慰めを捨てた者には、大聖堂の超然たる姿、美を誇る姿は、ひどく滑稽に映った。大聖堂の追憶、それはもはや笑いの追憶である。

私は「神の寡夫」、「慰めようもない寡夫」などと呼ばれたことがある……。
しかし私は笑っているのだ。私が「笑う」という言葉を何度も繰り返し書き綴ると、苦笑いをしているなどと言われたりする。
私は誤解を悲しむと同時に楽しんでいる。
私の笑いは陽気だ。

二十歳のとき〔実際は二十三歳のとき〕に笑いの潮が私を連れ去った……。私は以前そう書いた。私は光といっしょに踊っている気持ちがしたのだ。同時に私は、自由奔放な肉欲の決楽に耽ったのだった。

かつて世界が、世界に笑いかける者にこれほどよく笑いかけたことはなかった。

私は思い出す。そのとき私は、シエナの大聖堂が、広場に立ち止まった私に笑うように駆り立てた、と言い張ったのだった。「そんなことはありえないよ。美しいものは可笑しくない」と言われたが、私はうまく説得できなかった。

しかし私は、大聖堂前の広場で子供のように幸福に笑ったのだ。大聖堂は、七月の陽光の下、私の目をくらませた。

棄教後のバタイユを笑いへ駆り立てたのは、大聖堂や神だけではない。個体としての在りように自存している存在すべてが、彼を笑いへ誘《いざな》った。

『内的体験』のなかでバタイユは、〈聖なるもの〉を〈未知なるもの〉と言い換えているけれども、これをけっして神の代替物に見たてたりはしていない。〈未知なるもの〉は、神とは違って、人間の知力では把握できない無意味で漠とした、そして瞬間的な何ものかであって、とても〈存在〉を救う力はなく、したがって信仰の対象にもなりえない。

この〈未知なるもの〉をサルトルはなぜ新たな神と捉えたのだろうか。なぜサルトルは、〈存在〉

シエナの大聖堂

の限界線上へ出てゆくバタイユの体験を、神という〈存在〉に重なる体験と誤解してしまったのだろうか。

それは結局のところ、サルトルの視点が徹頭徹尾〈存在〉の限界の内側にあったことによる。西欧の存在創造の力に照らしてしかものが見えなかったためにサルトルは、この力に抗うバタイユの運動をも、この力と同一の地点へ向かう運動と捉えてしまったのである。

たしかに一九三八年上梓の小説『嘔吐』で、サルトルの分身である主人公ロカンタンは、マロニエの木の根を見たときに、〈聖なるもの〉に対峙したのだった。しかしこれを〈存在〉の側から一面的にしか捉えることができなかった。彼にとって〈聖なるもの〉は、「恐しくて猥雑な裸」でしかなく、しかも彼はこれに嘔吐してしまっている。

そして一九四三年刊行の『存在と無』においてサルトルは、〈対自存在〉(人間の意識)が〈即自存在〉(個的で静的な存在)を無化してゆく運動を問題にするけれども、この無化も新たな〈即自存在〉を作り上げる生産的な〈企て〉であって、〈即自存在〉そのものへの否定ではない。〈対自存在〉は新たな〈即自存在〉を作り、これを無化し、また新たな〈即自存在〉を作ってゆく。無化は新たな存在創造のためにあるのだ。サルトルは、〈存在〉を新たに創造しなければいけないという強迫観念にとらわれている。この強迫観念があるために彼は、バタイユを神の追慕に明け暮れる寡夫と誤認し、彼の新概念〈未知なるもの〉を新たな神、新たな〈存在〉と取り違えてしまったのである。そして〈未知なるもの〉に到達したきりさらに新たな〈存在〉の創造に向かわなかったとして、バタイユを断罪したのだった。

ジャン・ジョレス通りはもうすっかり闇のなかに沈んでしまった。私は、黒ずんだバタイユ一家の家をあとにし、大聖堂の方へ引き返すことにした。道すがら脳裡に去来したのはバタイユに対する日仏の理解の仕方だ。

いまだフランスでも日本でも、あの暗く不吉な家でのバタイユの苦悩とカトリックへの入信は西欧という視点から眺められていない。ランスの大聖堂の追憶すなわち存在への希求とシエナの大聖堂の追憶すなわち存在からの離脱の間に横たわる彼の意識の変遷についてもしかりである。サルトルのバタイユ論、あの言わば西欧の存在論の側からのバタイユの取り込みは、バタイユの生前中も死後も、ずいぶん幅をきかせたものだ。日本においては例えば三島由紀夫がその影響下にいた。死んだ神を追慕する寡夫というバタイユ像を三島は、天皇に対する自分の姿と同一視し、バタイユに強い親近感を覚えてしまっている。今ではさすがにサルトルのバタイユ論は誤読と受け止められているけれども、しかしこの誤読の深い相、つまり西欧の存在論に対する両者の姿勢の違いは依然日本でもフランスでも十分に論じられていない。

ランスからパリへ戻ったあと私は、オルレアンで開かれた国際バタイユ・シンポジウムへ出席した。十一月二十七日と二八日の両日に渡ったその会議では欧米の参加者が合計一一本の発表をおこなったが、自分の哲学のなかへバタイユを閉じ込めたり、バタイユのなかに閉じこもったり、あるいは他の思想家や学問体系からの影響を見たりということばかりで、対西欧の関係においてバタイユを浮き彫りする試みは一つとしてありはしなかった。

このオルレアンで晩年のバタイユは、市立図書館長を務めながら、西欧を根本的に問い直す論考をいくつも発表していたのにもかかわらず、シンポジウムの方はバタイユを楽天的にヨーロッパ内の出来事に収めたまま終了してしまったのである。

II

黙示録の彼方へ

ロマネスク芸術と生命の横溢

以下の試論で私は、宗教と芸術が生命の横溢という面で結びつくことを、中世フランスのロマネスク教会堂の柱頭彫刻とジョルジュ・バタイユの思想を手がかりにして解明してみようと思う。ロマネスク教会堂はヨーロッパに千以上現存しているが、私はそれらを長短様々な滞在の折りに積極的に見て回った。修道院付属の大教会堂から名もない村の聖堂まで、私の脳裏に残された彫刻の映像が本試論の基底である。

一

ロマネスクの教会堂は化け物たちが棲息する異様な空間だ。柱という柱の頂きに得体の知れない生き物たちが彫りこまれ、こちらを威嚇している。あるものは巨大な口をあけ蛇のように長い舌を垂らして、こちらを愚弄し、またあるものはアン

ロマネスク様式の教会堂
（オーヴェルニュ地方サン－ネクテール聖堂、12世紀半ば、フランス）

ナルテクス〔玄関廊〕（パレ・ル・モニアル、サクレ・クール聖堂、12世紀初め、フランス）

柱頭彫刻（ショーヴィニー、サン－ピエール聖堂、12世紀初め、フランス）

バランスな四肢を震わせ髪を逆立てて、何かをあらん限り喚《わめ》いている。怒っているのか、笑っているのか、恐怖に襲われているのか、彼らの表情は激しくはあっても定かでない。その姿も同様だ。下半身は獣を思わせ、上半身は人体を感じさせ、そのうえ背中には羽がはえていたりする。蛇なのか、獅子なのか、魚なのか、鷲なのか、人間なのか、いっこうに分からない。

すべてが曖昧で気違いじみている。一つの彫刻のなかで、個々の事態なり形態がはち切れて混ざりあい、何かとてつもなく常軌を逸した気配が放射されている。

こんな化け物たちが清純な信仰の場にいていいものなのだろうか。

これが本当にキリスト教の聖所なのだろうか。

ただでさえ暗く無気味なロマネスク寺院の堂内を、彼らはいっそう気味の悪いものにし、しかもそれを陽気に誇りにしているかのようだ。

中央の祭壇に続く身廊の列柱に彼らはいる。その下の地下聖堂の柱にも彼らはいる。その教会が修道院付属で外部に回廊を残しているのならば、その明るい回廊の柱にも彼ら怪獣たちは堂々と、上機嫌に、跋扈《ばっこ》している。

シトー会の修道院は、聖所への造形美術の侵入を極力斥けた。化け物の彫刻などもってのほかだった。シトー会を発展させた聖ベルナール（一〇九〇―一一五三）は、一一二四年、クリュニー会のサン＝ティエリー修道院長ギョームに宛てた書簡（通称『ギョームに送る弁明』）のなかで、クリュニー傘下の僧院にあまねく見られる怪奇な柱頭芸術を手きびしく非難している。

あまつさえ僧院のうちなる、読書の場たる回廊の怪物の群れ、その醜悪なる美しさ、あるいは美しき醜状は一体何事であろう。醜き猿、猛き獅子、奇怪なる半人半馬《ケンタウロス》、半獣の神、有翼の虎、闘う武者、角笛吹く猟人は何事であろう。ここには一頭多体の怪物や多頭一身の怪物がいる。あそこには蛇尾の四足獣、獣頭の魚がいる。前体が馬で後体が羊なるもの、有角の馬がいる。さまざまの生物が至る所に飾られた結果、人は書物よりも彫刻を読む始末。怪異を嘆賞して時をうつし、神の掟の瞑想を忘れる始末。おお神よ。かかる愚劣を恥じぬまでも、せめてその費《ついえ》を惜しむべきではないであろうか。(1)

聖ベネディクト(四八〇-五五〇頃)による修道院規則『ベネディクト戒律』は西欧修道院制の父として崇《あが》められていたが、シトー会は発足(一〇九八年)以来そのなかの禁欲、学習、労働の要素を重視し、それらの厳格な実践を所属の修道士たちに課していた。

回廊は修道院の心臓部とみなされ、読書から聖歌の練習、談話、散髪に至るまで修道士の多様な活動の拠点になっていた。聖ベルナールはとくにそこを読書・研究・瞑想の場として、つまり知的な場として特化しようとした。偶像は修道士たちの精神を散漫にし彼らの知的活動の妨げになると彼は考える。化け物の彫刻ならばなおのことである。聖ベルナールは修道院付属の教会堂のなかにすら偶像の装飾を禁じた。八世紀ビザンチンの偶像崇拝否定の運動を思わせる一面が彼の思想にはあったのだ。他方、シトー会の修道士たちは、困難な開墾事業や苛酷な農作業にすすんで向かったのであり、その禁欲的な労働の精神はのちのプロテスタンティズムを想起させる。いずれにせよ、聖ベルナールの死去した一一五三年に全ヨーロッパでその数三四三に達したシトー会修道院は、ヨーロッパの合理的精神――抽象、具象それぞれの面での生産的な活動の重視――の側面を体現していたと言ってよい。

シトー会が批判していたクリュニー会の修道院は、ヨーロッパのもう一つの重要な側面を現していた。不合理な遊びの精神、非生産的な消費の衝動をこの会の修道士たちは身をもってよく生き、これを具体的に形象化させていた。貴族から次々に寄進される農地あるいは荒地における農作業、開墾は、彼らの配下の農民たちにまかされ、彼ら自身は肉体労働にほとんどかかわらなかった。学習、研究といった知的労働に対しても彼らクリュニー会の修道士たちは不熱心だった。彼らが熱心におこなったのは、ベネディクト戒律のなかの祈禱という要素、それも集団でおこなわれる儀式的な祈禱だった。そして彼らの情熱はこの儀式を盛りあげるための芸術的効果にことのほか向けられていた。大

柱頭彫刻（ディジョン、サン＝ベニーニョ聖堂、11世紀初め、フランス）

がかりな教会堂の建築、その壁面を装飾する絵画、彫刻、堂内に響き渡る歌唱、はては豪奢な僧服に至るまで、彼らは芸術的効果を創出することに異常なほど夢中になった。

このような浪費的な芸術的衝動がキリスト教の根本の精神からの逸脱であることは否めない。満足な衣服もまとわず食うや食わずの状態で荒野をさまよって貧者や病者に神の福音を説いたイエスの生き方からクリュニー会の修道僧たちは程遠いところにいる。ベネディクト戒律はこうした荒野のイエスの精神を再興することを基本的な課題にしているのだが、クリュニー会はベネディクト派を標榜しつつもその基本の課題に不忠実であった。それだから、聖ベルナールの次のような怒りの言葉も出てくるのだ。先の『ギヨームに送る弁明』の一節である。

聖堂の度外れの高さ、計りがたい長さ、常軌を逸した宏壮さ、豪華な石工、精緻を極めた絵画が祈る心をそらせ、往昔《おうせき》のユダヤ人の祭儀を思わせるほどであることについては、今は論じまい。(……)清貧を誓った者が真に清貧であるならば、聖所において黄金でもって一体何をなさんとするのであるか。それだけを問いたい。(……)今こそ率直に言わねばならぬ。偶像崇拝そのものたる、かかる貪欲は何事か。(……)おお、空しき虚飾。今や、空しいどころか、狂気に近い虚飾。聖堂の壁は輝いているのに貧しき者は飢えている。石柱は黄金で覆われているのに人の子は裸でいる。富める者の目を楽しませるのは、貧しき者たちの捧げ物にほかならぬのだ。(……)これらすべては貧しき者にとって、修道僧にとって、総じて精神に生きる者にとって、何の益があろう。(2)

何の益もありはしない。清貧という西欧修道院制の根本の精神に対してはもちろんのこと、一般の合理的な精神に対しても、これらの過剰で華美な宗教芸術は何の益ももたらしはしない。無駄で無意味な所作なのだ。声がよく調和した歌唱ならばまだ許されるだろう。神の偉大、聖母マリアの慈愛を称える清らかな音楽はキリスト教の精神にかなっていると言えるだろう。聖ベルナールも歌唱の指導には熱心だった（ただしシトー会の聖歌隊の規模はクリュニー会のそれに較べるとずっと質素であったろうが）。

しかし、不調和でグロテスクな柱頭彫刻となるともういけない。キリスト教の宗教芸術のなかで最も合理的精神から遠いのがロマネスク教会堂の柱頭彫刻だろう。たしかにそのなかのかなりのものが『ヨハネ黙示録』に登場する怪物であるとか地獄へ導く悪魔であるとか意味付与されている。だが、そのようなキリスト教の負の意味付けを嘲笑う力がグロテスクな柱頭彫刻からは感じられるのだ。キリスト教の価値観の枠組から出てゆこうとする豊饒な生命力が感じ取れるのである。

この横溢する生命力こそ宗教の真の源泉である。キリスト教とは別の、しかしキリスト教の根源にもあるはずの宗教性がそこにある。抽象的にしろ具体的にしろ形あるものを、意味あるものを、壊そうとする得体の知れない恐ろしげで豊かな力、それこそが真に宗教的なものなのだ。

九一〇年に発足したクリュニー会は、十二世紀には全ヨーロッパで二千を越す修道院を傘下に収めている。この会の常軌を逸した芸術衝動は、ヨーロッパの根底で脈打つ深い異教的宗教性と結びついていたと言えるだろう。

たしかにクリュニー会の修道僧には貴族出身者が多く、彼らの浪費的な芸術志向は貴族のそれを継承してはいる。だが、修道院付属の教会堂は一般の人々にも開かれていたのであり、その壮麗にして過剰な内部装飾、典雅なミサが民衆を感動させ牽引していたことを、つまり民衆の感受性と共鳴していたことを考えると、クリュニー会の芸術愛は貴族だけの問題ではなかったと判断できるのだ。そしてまた、クリュニー会の教会堂の聖遺物信仰が芸術の諸形象への欲求と同じく感覚可能な聖性への志向という面をもつことも(これらのことについては後で詳しく検討する)、貴族と民衆が感性のレヴェルでつながっていたという判断に立たせるのである。

二

ロマネスクの教会堂のグロテスクな柱頭彫刻はいったいどのように理解されるべきなのか。なぜあのような怪異な表現に立ち至ったのか。これまで何人もの研究家がこの難問に取り組み、苦しげな解釈をほどこしてきた。(3) が、日本のドイツ中世史家がみごとな見解に達しているので、それをまず見ておこう。

好著『甦える中世ヨーロッパ』のなかで阿部謹也氏はまず、キリスト教に浸透される以前の西欧民衆が宇宙を二つに分けて捉えていたことを指摘する。一つは、「人間の生活空間である家とか村とか都市の小宇宙」(4) であり、もう一つは、その外の大宇宙で、霊や未知の諸力が棲む混沌状態の自然界を指している。キリスト教はこの二世界説を一世界説へ還元しようとした。「キリスト教の教義によると天地創造からイエスの降臨、死と復活を経て最後の審判に至るまで歴史は直線的に進んでいくとされています。世界史は救済の出来事として経過してゆくのであって、世界には未知の不可解な領域はなくなってしまったのです。[5]」

だがそれでも、日々大自然の偉大で恐ろしげな諸力に接しそれらに左右されて暮らしていた民衆は、自然の諸力を神々に言わば実体化して、信仰し続けていた。キリスト教側は、こうした民衆の自然信仰を無視することができず、彼らの神々を、悪魔という負の存在にして、教会堂のなかに飾ることを許した。キリスト教側は異教の神々を一元的な世界（善悪の二元論は表面的で善は悪に優越し神は悪魔の上位に立っていた）に取り込んで、民衆をキリスト教信仰へ吸収しようとしたのだ。阿部氏の説明を聞いてみよう。

キリスト教はすでに述べたように二つの宇宙を否定し、世界史を救済史としてとらえる教義をうちたてていました。六世紀前後からはじまり、紀元一〇〇〇年頃には、ほぼ全ヨーロッパに達していた伝道師たちの活動によって古ゲルマンの異教の神々は屈服させられ、ゲルマンの偉大な神であったオーディンも悪魔に転化させられたのです。オーディンは古代の神にふさわしく善のみではなく野蛮で強力な力を秘めた神でしたから、キリスト教は容易にそれを悪魔ときめつけることができたのです。

しかしながらキリスト教の教義がいかに緻密に構築されていっても、村や町に住む人びとにとって森や山、野原や川が持つ意味が突然変わる筈はないのです。彼らにとっては森は相変わらず恐ろしい未知な世界であり、大宇宙を構成する四大元素の風や土や火や水も人間には制御しえない恐るべき力でありつづけたのです。ここで大宇宙という言葉でこれまで表現してきた自然について、ヨーロッパ内部で二つの態度がみられることに注目しなければならないでしょう。

キリスト教会はあくまでも一つの宇宙という構図を主張しつづけます。そのなかでたとえ善悪が神と悪魔という形で闘いつづけているとしても勝敗ははじめから明らかなのであって、決して二つの宇宙をなしてはいないのです。キリスト教会が主張する一つの宇宙という構図は論理的ではありますが、感性の面での支えを欠いています。教会や修道院の奥深くで、思索をこらしている人間と違って、農民や市民は朝から晩までいつも大宇宙つまり自然を相手にしていました。彼らにとってキリスト教の教義がいかに正しいものとして説かれても、未知の自然に対する恐怖が消えるわけではないのです。彼らは感性の次元であくまでも二つの宇宙の存在を信じつづけていたのです。つまり大宇宙を支配する怪物やモンスターの存在を信じつづけていたのです。

キリスト教会はこのような人びとの態度をよく知っていましたから、教会の玄関上部の壁や入口にモンスターを配置し、それらがキリスト教会のなかに組みこまれていることを示そうとしたのです。(6)

以上のようなことを知ったうえでもう一度これらの怪物たちの彫刻や絵画をみてみましょう。怪物を抑えつけている大天使ミカエルがいかに生気がなく、それに対して怪物は生き生きとしていることか。だからこそベルナルドゥス〔シトー会の聖ベルナールのこと〕は修道士たちがこれらに見入ってしまうことを戒めているのです。これらの彫刻を彫り、絵を描いた職人、芸術家にとって怪物のイメージの方が聖者や天使よりも身近な存在であったからでしょう。怪物は彼らの日常生活のなかで、姿こそみえね、常に恐れをいだかせながらも身近な存在であったからです。このようにみてくると、これらの教会堂の台座に彫られている怪物たちはキリスト教の浸透とともに抑圧され、踏みつけにされた異教の神々の姿であることが解るでしょう[7]。

西暦一千年頃のフランスは、国土の六五%近くが森林だった。この広大な森と森の間の平地に農民たちが小規模な村を作って暮らしていたが、彼らの総数は人口の九〇%にも達していた。そしてさらに重要なことは、彼らのほとんどが非キリスト教徒だったということである。たとえキリスト教に帰依していても、それは表面的で、生活のなかで彼らは異教の信仰と風習をしっかり維持していた。このことは、例えば、異教徒を意味するフランス語 païen《パイアン》 が村人を意味するラテン語 pagānus《パガヌス》 から由来していることからもうかがえるだろう。農村は異教の温床であったのだ。

異教といっても様々である。ゲルマン的なもの、ケルト的なもの、その他無数の土着の宗教があった。しかし共通して言えることは、どの異教も自然のなかに神的存在を見出していたということだ。鬱蒼として恐ろしげな森、しかしそれでいて神秘的で深い魅力に富んだ森は、彼ら農民にとって、聖なる場であった。森林のなかの巨木に、泉に、巨岩に、洞窟に、彼らは、神や霊の気配をみとめ、これを信仰していた。シェークスピア(一五六四-一六一六)の戯曲にはよく森の妖精が出てくるが、これは、おそらくその当時まで陰に陽に存続していた異教信仰が影響を与えているのだろう。アナール派の歴史家アニェス・ジェラールによれば、「西欧がキリスト教化された時期はかなり遅かった。十六世紀はじめにおいても、それはまだ不完全であった。普及していない信心業もあったし（ミサをたてることや秘跡を授けることはごくまれであった）、信仰には迷信や魔術の刻印も残されていた[8]」。

もちろんキリスト教側が何もしなかったというわけではない。逆に、農村部への布教には熱心であった。都市（古代ローマ時代のキヴィタス）に住む司教自ら農村部へ出向いていって、異教信仰の対象であった巨木を切り倒させたり、魔術の禁止を宣告したりしている[9]。制度的にも、村落を小教区とし、教会を建て、司祭を置いて、農民のキリスト教化に努めていた。が、この場合でも、村の司祭は、無学で、道徳的にも問題のある俗人が多く、末端においてどれほど本当にキリスト教化が進んでいたのか、疑問の残るところなのだ。

しかしともかく、紀元一千年頃から農村域にキリスト教の教会が石の建築物として続々建ち始めたのである。あるものは新規に、あるものは古い木造建築を建て直したものとして。フランスのブルゴーニュ地方の修道士で年代記作者であったラウール・グラベール（九八五-一〇五〇）は、改築という面を強調して、当時の教会建設の高まりをこう証言している。

紀元一千年を過ぎること三年のころ、ほとんど全世界において、そして特にイタリアとガリアにおいて、聖堂は、基礎から屋根に至るまで改築された。大部分の聖堂はすでに申し分なく建てられており、いまさら新しく建てる必要はいささかもなかったのであるがキリスト教徒たちは、壮麗なものをだれにも負けじと競って建てたのであった。さながら、世界全体が申し合わせて、古代のぼろ布を脱ぎ捨てて教会の白い衣をつけたかのごとくであった。このころ、信徒たちは、司教座の大聖堂の大部分を建て直すだけでは満足せず、もろもろの聖人に捧げられた修道院聖堂、さらには村々の小教会までをも改築したのであった[10]。

ロマネスク様式の名刹《めいさつ》と言われる聖堂は修道院付属の教会堂に多い。だが小村の何げない教会にも、例えばブルゴーニュ地方の西南端サン＝パリーズ・ル・シャテル村の教会にも、驚くほどみごとな柱頭彫刻（ということは、とてつもなくグロテスクな彫刻ということでもある）が飾られていたりする。地下聖堂の暗闇のなかで、それらの化け物たちは、まるで深い樹林の影から顔をのぞかせるようにして、恐ろしげな、それでいてどこかユーモラスな表情を、こちらに差し向けているのである。

いずれにせよ、ロマネスク教会堂は、西暦一千年頃からおよそ一五〇〇年の間、地方の奥まったところに、真新しい白亜の石材を「白い衣」のようにまといながら、次々に姿を現したのだ。そしてそれらの教会堂は、たとえ修道院に付属していても、農民を中心にした一般民衆の感性と連続した面を持っていた。キリスト教の建築物でありながら、異教の感性に侵蝕されていたのである。阿部謹也氏言うところの大宇宙に対する恐怖、賛嘆、崇拝の念が例えば柱頭彫刻になって形象化されていたのだ。

だが、ロマネスク教会堂におけるキリスト教と異教の関係はもう少し詳しく見る必要がある。大自然に対する農民の態度も同様だ。というのも、ロマネスク教会堂が建ち始めたときは大開墾時代の始まりとほぼ一致するからである。フランスの豊かな森林が精力的に切り開かれ農耕地にどんど

柱頭彫刻
（サン－パリーズ・ル・シャテル）

ん成り変わっていった時代、そしてそれに応じ集村化現象が著しく進んだ時代に、ロマネスク教会堂は建立《こんりゅう》されていった。農民たちの生活空間、つまり阿部氏の識別では彼らの小宇宙が拡大し始めた時期に、ロマネスク教会堂は彼らの小宇宙の中心に、彼らの共同体の中核に、次々と登場したのである。森林の消滅、新たな村落の形成、聖堂の建設、これらは本質的なところで密接に関係しあっていたのだ。

本質的なところとは、この場合、聖なるもののことである。農民たちが聖性をどう理解するようになっていたのか、以後しばらくバタイユの思想に拠りながら検討してみることにしよう。

三

バタイユは、第二次世界大戦直前の一九三七年から三九年にかけて、〈社会学研究会〉という講演形式の定期的な会を催し、聖なるものと共同体の関係を考察した。

バタイユによれば、聖なるものとは、不吉と吉の矛盾した印象として人に意識される何ものかである。このうち不吉な印象は人を遠ざける斥力に、吉なる印象は人を引き寄せる牽引力に関係するとバタイユは考え、斥力を聖なるものの左の面、牽引力を聖なるものの右の面と捉えた。

他方、人間の共同体の本質は、バタイユによれば、個人の静態的な集合ではなく、それを根底から動かす《全体運動》であり、社会の中心の聖なる核がこの運動を集約的に現しているということになる。すなわち聖なる核はそれ自体可変的であり、左から右へ、不吉から吉へ、斥力から牽引力へ変貌する動きを呈しているのであって、共同体の真の結束力は聖なら核がこのような運動において生き生きと存在しているか否かにかかっているのである。

一九三〇年代後半のヨーロッパを見渡して、聖なる核が活発に作動している社会は一つもない。ヒトラーのドイツは表向き強い結束力を持っているかのように見えるが、しかしヒトラーは聖なる核を真に体現してはいない。なぜならば、死の痛みの体験を、聖なるものの本源である左の不吉な面を、自分の身において生きようとせず、逆にそれを忌避しているからだ。ヒトラーのような「軍隊の野蛮人は、自分のなかに騒ぐものすべてを荒々しく外に振りむけ、内部の葛藤を決して認めず、死を外的快楽の源泉とみなします。死とは軍隊の人間にとって、まず第一に敵に与えるべきものなのです[11]」。

バタイユがめざしていたのは〈悲劇的人間〉であって、「悲劇的人間は恐ろしいものすべてを他者に投げ渡してしまう態度を冗談とみなします。悲劇的人間とは本質的に人間の生に目覚めた者です。彼は自分のなかに矛盾した激しい力がたち騒いでいるのを見つめます。彼は自分が人間の不条理・自然の不条理に翻弄されるのを感じます。しかし彼は、罪以外に出口のないこうした現実を良しとして受け入れるのです[12]」。

この当時のバタイユは、供犠という悲劇に集う人々の共同体を宗教的秘密結社〈アセファル〉によって実現させていたが、彼は〈社会学研究会〉をも「矛盾した激しい力がたち騒いでいる」会にしようとしていた。宗教的な儀式こそ実行されなかったが、彼は、この研究会が冷静なアカデミックな場に留まることに満足せず、この研究会を沸騰する生の場へ、祝祭的な聖なる場へ高めたいと望んでいた。

それはともかく、バタイユは、一九三八年二月五日の講演で、共同体と聖なる核の関係を証すための例示としてフランスの村落を持ち出している。フランスの農村は、その多くが紀元一千年頃からの集村化現象のときに生まれたものであり、なおかつ、驚いたことにそれらは基本的にほとんどその当時の形態で現在まで存在しているのである。したがって次に引用するバタイユの発言は、中世の村落共同体を理解するうえでも貴重な指摘だと言えるだろう。

非常に単純な人間の集団、たとえばフランスの村落を考えてみると、それが教会という核のまわりに集中していることに誰もが気づきます。攻撃的でさえある反キリスト教的感情を持っている人もいるでしょう。そんな人でも、教会とそれを取り巻く家々が全体としてひとつの生の均衡を実現しており、教会の徹底的な破壊にはどこか身体の毀損に似たものがあると感じることがあるはずです。こうした感情は、一般的には、宗教建築の美学的な価値が原因であると考えられていますが、しかしもちろん教会は風景を美しくするために作られたものではありませんし、その美学的な印象を通じても、教会がなぜ作られねばならなかったかという必要性は十分に感じ取ることが可能です。ともかく私がこれから試みる記述は、ただちに万人に理解可能な価値を持つように思います。教会は村の中心にあって聖なる場所を構成します。少なくとも世俗的な活動は教会の囲いのところで終わりを告げ、違法とみなされずにそのなかへ入り込むことはできません。教会の内部には超自然的な意味を担わされた幾つかの画像があって、複雑な信仰を表現する力をその場所に与えています。建物の中心部には、めったに実現されない状況においてしか見ることも触れることもできないという意味で、本質的に聖なるものである物質が保存されています。教会にはさらに、儀式によって聖別された人物が任命されており、彼はそこで毎朝象徴的な供犠の儀式をおこなっています。これに加えて、大部分の場合敷石の下には死体が埋葬されており、あらゆる教会の祭壇の下には、建物の聖別の際に聖人の遺骨が封印されています。また集団の死体のすべてが、すぐ周辺に埋葬されている場合も存在します。こうした教会の全体は、一般に内部の沈黙を保証し、世間の騒音を遠ざける一種の斥力を所有しています。それは同時に、住民たちの感情の、継続性の度合はさまざまですが、ともかく否定しがたい集中の——その集中は、キリスト教独自のものとみなされうるような感情からは、部分的に独立しています——対象なのですから、それは牽引の力をも所有しています。

さらに牽引力の観点から言うと、この核の内部には、日曜ごとの祝祭や毎年の祝祭によって刻まれる活動のリズムが存在します。しかも祝祭それ自体の名において、その活動はいっそう大きな強烈さの瞬間、オルガンの音と歌声を中断させる礼拝の沈黙の瞬間を持つのです。ですからわれわれは非常になじみ深いそうした事象においてさえ、祝祭のために群衆を集める活発な牽引力のただなかに、厳かな斥力の瞬間が入り込んでいることを認めることができるのです。供犠が実現される瞬間に信者たちに要求されるジェスチュアは、罪にさいなまれた不安のジェスチュアです。司祭が掲げる聖なるオブジェは頭を垂れることを要求する、すなわち目がそむけられ、個人的な生が不安をはらんだ沈黙の重みの下に押しつぶされ消し去られることを要求するのです。(13)

私は先ほど、現在の集団、白人の村落の聖なる核を記述し、修得したさまざまな概念の助けをかりて、その核のまわりに牽引力と斥力の二重の運動があることを見てとりました。いまは原始的事象の考察によって、左の聖なるものから右の聖なるものへの変容の原則を見てとることができたのですが、その考察によって、今度は核の内的活動の全般的な解釈に移ることができると思います。最初に私が述べた命題を、今度は記述された諸事象全体に対する正確な説明として導入することができます。つまり一つの集団の中心核は、左の聖なるものが右の聖なるものに、斥力を引き起こす対象が牽引力を引き起こす対象に、そして抑鬱が昂揚に変化する場所にほかならないのです。死体が教会のなかを通過することは最初からこのプロセスを暗示していましたし、帰属を中心から一定距離のところに保ち続ける帰属と斥力の諸効果は、全体として、キリスト教の領域外で社会学者がおこなった儀式の研究によって詳細に明らかにされた内的変容の活動に、正しく呼応しています(14)。

フランスのいかなる村落もその中心に教会の建物を持っているが、この聖なる核においては、聖遺物（聖人の遺骨や遺品）、象徴的な供犠（ミサにおけるイエスの処刑の想像上の再現）、敷石の下の死体、付属の墓地といった不吉な左極の聖性を漂わすものが吉なる右極の聖性へ変化させられている。こうした聖性に対する操作は、キリスト教に特有というわけではない。その他の信仰にも認められる普遍的で本質的な行為だとバタイユは断じる。

政治では右翼への転向しか起こらないということは、すでに指摘する機会がありました。これはよく観察される事実ですし、例外が現われることは稀であるように思えます。政治の左翼と右翼とを聖なるものの左と右に結び付けることができるかどうかが、たとえ疑わしく思えるとしても、政治家と同様に聖なるオブジェも、左から右への規則的な変化をしかみせないということは厳然たる事実です。こうした本質的な変容は、非キリスト教的宗教の豊饒な領域の多くの点において明らかに読み取り知覚できるものですし、さらに神的なペルソナが死刑に処せられ辱められた一つの体から発出すると語るキリスト教においてもきわめてはっきりと感じとれるものですが、この変容にこそ宗教行為の目的それ自体があるのです。[15]

だがここで注意すべきなのは、教会堂およびその周辺の墓地では左から右への聖性の変化がつねに起きているということである。宗教行為は、この変化を何度も何度も繰り返し実行しているのだ。中世から今日まで、毎年、毎週、毎朝、左の聖性を変貌させる宗教的操作は絶えず行われてきたのだ。

ということは、左極の聖性、死の気配を漂わせるおぞましくて後じさりしたくなるような聖性は、聖なる核において、いつも生き生きと存続してきたということである。尽きることのない泉のごとく、左極の聖性は聖なる核のなかで豊饒に湧き出《い》でているのだ。宗教行為を繰り返し行わねばならないほど、宗教行為が終わりなき所作であらねばならないほど、左極の聖性は豊かに存在しているのである。

いや、もっと言ってしまう。左極の聖性は宗教行為を愚弄しているのだ。聖性を右極へ転じようとする人為的な操作を嘲笑いながら、右極に変貌した聖性を左極自身の方へ引き戻しているのである。人為の否定の力を笑いながら再否定するよりいっそう大きな力が聖なる核には存在する。けっして人間によっては飼い馴らすことのできない力が聖なる核にはある。それだから聖なる核は聖的に存在し続けることができるのだ。

バタイユに触発されてのこの私の解釈は、中世において死は飼い馴らされていたとするアナール派の大御所歴史家フィリップ・アリエス（一九一四―一九八四）の解釈の対極に位置する。

アリエスは、中世における農村の生成を、墓地の位置に注目しながら考古学的に究明した。その功績は極めて大きいと言わねばならない。一九三八年のバタイユが語っている捉え方、聖なる核を中心にした平面的で共時的な村落の捉え方が、アリエスによって通時的に補完され立体化されている。アリエス最晩年の著作『死の文化史』（一九八三）のなかでは、中部フランスのシヴォー村が例にあげられ、こう述べられている。

この教会と墓地の関係を特徴とする都市的モデルに、農村部が適合していったかのように、すべてが展開することになります。

第一の場合には、墓地は位置を変えることなく、ただそこに教会が建てられる例です。（……）第二の場合のほうが、より頻繁な事例です。それは、人里離れて畑のなかや小高い丘につくられていた旧来の墓地が放棄され、集住地の教会と、その教会の周囲の空間へと移るという例になります。たとえばシヴォーでは、より広くはあるが放棄された村外の埋葬地と、より墓が集中している教会周囲のもと、二つの埋葬地がみられます。じっさいこの時期（十一世紀の少しまえ）に、それまではもっと移動的で教会ももたなかった居住地が、以後一千年以上におよぶ場に定着したのでした。その定着の中心になったのが、教会とその中庭だったのです。このときから、都市でも農村でも、墓地はその中心に位置することになったわけです。こうして、死者たちを町からは遠ざけておこうとする旧来のタブーは、消滅したのでした。死者たちは、都市の中心へと侵入したのです。もはや、教会のない墓地がないのと同様、墓地のない教会も存在しませんでした。教会そのものが、墓地となったのです。(16)

アリエスの言う「教会と墓地の関係を特徴とする都市的モデル」とは次のような事態を指す。すなわち、キリスト教が広まっていなかった異教の時代、死者は不浄さ故に恐れられ嫌悪されていた。そのため墓地は都市の囲壁の外に、そこからいくぶん離れたところに開かれていたのであり、キリスト教の殉教者もこの異教の墓地に埋葬されていた。が、やがてキリスト教が浸透し始めると、聖人や殉教者（聖人のなかでも高い地位を与えられていた）は崇拝の対象となり、墓地ではミサが行われ、ついにはその墓地の敷地内に修道院、その付属の教会堂が建てられるまでになった。

他方、墓地の周辺域の人々は、殉教者の加護と執《と》り成《な》しに期待して、その墓地に、つまり聖人のそばに、埋葬されることを願った。というのも、最後の審判のときに聖人はすぐに天国入りを果たすと信じられ、聖人のそばにいれば神への彼の執り成しにいの一番に恵まれ天国入りが容易かつ確実になると考えられていたからである。

こうした聖人への崇拝に駆られて墓地に集まったのは死者だけではない。その聖人の遺骨や遺品を飾った修道院付属教会には巡礼者たちが次々に集まった。居を構え定住する者も多くでてきた。都市の近くの町《ブール》(bourg 大きな村とも訳せる)、場末街《フォブール》(faubourg 市壁外の街の謂)はこのようにして生まれたのだが、都市の囲壁の内部でも死した聖人への信仰は高まり、大聖堂に聖人の遺体や遺物があるのならば、都市の住民は競って(高額の寄付金をだしてまで)、聖人のできるだけそばに、つまり大聖堂内の敷石の下に埋葬されることを欲した。

アリエスによれば、こうした聖人崇拝の風潮は農村部にも広まってゆき、十一世紀初頭にはすでに始まっていた集村化現象に重大な影響を及ぼした。つまり、町《ブール》の場合と同様に、墓地と教会堂を持つ修道院を核にしてその周辺に村ができ定住化が進んだ。封建領主の城砦近くに村ができていった場合にも、また開墾地に新しく村が作られていった場合にも、そのなかに墓地と教会が置かれ村落の核を形成していった。

四

年ごとに違った面の荒地を焼いて耕作地とし数年後にまたもとのところに戻ってくるという原始的な移動式焼き畑農法の場合、墓地は小高い丘の上などの遠隔地に固定的に設けられていたが、居住地は耕作地に従って移動していた。しかし十一世紀初頭あたりから、三圃制農法が普及し始め(17)、鉄製の農具、有輪犂《ゆうりんれい》の使用が広まり、さらに水車・風車の動力が積極的に利用されだすと、農民たちは一ヵ所に定住するようになる。そのとき核になったのが、修道院であったり、封建領主が建てた教会堂であった。そしてそれらは埋葬地もかねていたのだ。

ついでに述べておくと、こうした農業革命が進むに応じ、麦の収穫量もふえていった。移動式の焼き畑農法をとっていたときには、播種量の一・七倍からせいぜい二倍の麦の収穫量しかなかったところが、三圃制農法をとりだすと、十三世紀頃には播種量の三倍から四倍の麦の収穫量が得られるようになった。

農作物の増加は人口の増加に結びつく。移動式焼き畑農法の時代には農民たちは「パンのような固形物はなかなか口にできなかった。粗《あら》くひいた麦粉を牛乳や山羊乳に煮こんだ、オートミールのような流動物がかれらの常食だったのである[18]」。農民たちは、それ故、慢性の栄養失調状態に陥っていた。だが三圃制の時代に入ってくると、農民たちは、大麦やカラス麦などの「飼料作物を利用して、なんとか黒パンを常食にできるようになった[19]」。

食糧事情の好転の結果、フランスの人口は西暦一千年から一三〇〇年の間に二倍に（約二千万人に）増加した。そのほとんどが農民であったことは言うまでもない。

ただし食糧の生産高が上昇したとはいっても、その増加はいつも人口の激しい増加におびやかされていた。人口の増加故に、いつ食糧不足に転じるか分からない、非常にあやうい食糧の増加だったのだ。ひとたび天候に異変が起き農業生産に支障をきたすと、餓死者が多数でていたのである。そうでなくとも、食べるだけで食糧を作り出さない人間が少しでも多くいるようになれば、その農家、その村落共同体は、存続があやぶまれた。そして重要なことは、三圃制農法の普及と農器具の改善は効率のよい農業を可能にし、人手が少なくてすむようになっていたということだ。耕地面積が一定のままで農業改革が進捗した場合、その農村では労働力に余剰が生じ、食糧不足の危険性が出てくる。生まれすぎた農家の二男坊、三男坊は、それ故、一つの根本的な選択に迫られていた。農村を出てゆくか、それとも耕地を拡大するか。ある者は農村を捨て都市に移り住んで、別種の職業についた。またある者は森林を切り開いて農耕地を広げていった。いずれの場合も、都市の歴史、農村の歴史を変えるほどの勢いで進み、新たな聖堂の建築にも重大な影響を与えた。

フランスの諸都市は古代ローマの属領時代にキヴィタスとして地方統治のために活況を呈していたが、その後、司教座が置かれていても、異民族の相次ぐ侵略などで都市の活動は長い間沈滞していた。だが、異民族の侵略がやみ、かつての道路網や河川の運搬が安全性を取り戻すようになると、都市は交易や手工業の場として新たに興隆するようになる。それに拍車をかけたのが農村部からの大量の人口の流入だった。都市の中央の司教座聖堂すなわち大聖堂が巨大なゴシック様式に改築されるようになるのは十二世紀後半からのことであるが、そのような壮大な事業が可能になったのも、都市の経済的成長とそれを支えた人々（富裕な特権階級から農村出身の新都市住民まで）の聖性への強い欲求があったからにほかならない。

他方、農村部では開墾が着々と進んだ。西暦一千年には国上の約六五％あった森林が、一三〇〇年を過ぎる頃には現在とほぼ同じの二〇数％のところまで減少している。もはや植林の必要性さえ叫ばれ実行に移されたほどだった。開墾は高度な技術と重労働を要求する。シトー会の知的な修道士たちは技術指導にあたるばかりでなく、率先してその困難な肉体の作業に従事した。クリュニー会に寄進された領地の場合には専門の指導員がいて開墾を指揮していたらしい。封建領主の土地の場合も同様だったようだ。が、ともかく、開墾事業を推し進めた陰の主役は農民だったと言ってよいだろう。客人《オート》（hôte）と呼ばれた入植農民から自由農民まで、実際に苛酷な筋肉労働にあたったのは、シトー会修道士たちを別にすれば、農民層だったのだ。

森林は、農民にとって（封建領主のような地方土着の貴族にとっても）聖なる場であった。信仰の対象を彼らは、生きてゆくために、どんどん消滅させていったのだ。たとえ食糧確保の必要からとはいえ、聖なる森の樹木を伐採してゆくことは、彼らにとって、とてつもない痛みになっていたはずである。神々や霊の棲まうところを自ら無《な》みしてゆくことに彼らは、身の切れるような不信心を感じていたはずなのだ。大自然を前にして、開墾という人間的所作を、それに携わる己が身を、彼らは深く恥じていたのにちがいない。

と同時に、失った聖性を求める気持ちは彼らの心のうちに強くこみあげてきていたであろう。森林が消えてゆけばゆくほど、彼らは聖なるものを激しく追慕するようになった。自ら消し去った聖性にもう一度まみえたいと切に願うようになったのだ。十一世紀から農村域に目に見えてふえだしたロマネスクの聖堂は、森林の消滅と深く関係していると私は考える。農民たち（そして貴族たち、さらには貴族出身のクリュニー会の修道士たち）の失われた聖性への欲求が、ロマネスク教会堂の建設に、その内部の柱頭彫刻の創造に、深く影響していたと私は考える。

アリエスの仕事に欠如しているのは、農業革命による異教の聖所（森林）の消滅とその失われた聖性への農民・貴族たちの欲求の再燃という点だ。

アリエスは、キリスト教化が中世の人々に浸透したと信じている。とりわけ最後の審判の思想に農民や都市民、貴族、聖職者がこぞって左右されるようになったと信じている。キリスト教の聖人のそばにいたいという感情が高じたおかげで、彼ら中世人は、墓地への嫌悪、死者へのタブーを感じなくなり、墓地とその教会堂の周りに好んで集住するようになったとアリエスは考えるのだ。

聖人のそばにという欲求が、彼らに、死を飼い馴らすことを可能にした。死に対する中世人の態度、つまり飼い馴らされたものとして死を見るようになった彼らの態度とは、大著『死を前にした人間』(一九七七)のアリエスによれば、「死が身近く、親密であると同時に衰弱し、無感覚となった」態度であり、これは、「現代の態度、すなわち死が人を大変怖がらせ、私たちがもうその名を言うこともあえてしない態度とは大違いなのである[20]」。

この現代人の態度のなかにはバタイユの態度も含まれる。アリエスの発言を聞いてみよう。

死について考えない流儀が二つある。一つは私たちの流儀である。私たち技術文明の流儀は死の話を拒み、死にタブーの極印を捺してしまう。もう一つは伝統的文明のそれである。それは拒否ではないが、死について熱心に考えることができないのである。なぜ考えられないかといえば、死が非常に身近にあり、日常生活の一部になりきっているためなのだ。

さらにまた、生と死との距離がジャンケレヴィッチ言うところの「根本的変容」として感じられなかったということもある。それはジョルジュ・バタイユが性行為というもう一つのタブー違反と関連づけたあの強烈なタブー違反でもなかった。人びとは絶対的否定性の観念、記憶もない深淵を前にした断絶の観念は持ち合わせていなかった。人びとはめまいと実存的苦悩を感ずることもなかった。そう言って悪ければ少なくともめまいも苦悩も、ともに死の紋切り型のイメージの中にしめるべき場を持たなかったということだ(21)。

五

アリエスの言うとおり本当に中世の人々は死を飼い馴らしていたのだろうか。

たしかに死が彼らの身近に存在していたことは事実だ。生み落とされそのまま捨てられた嬰児の死体。年端も行かぬうちに栄養不足で死した者。狼に食い殺された者。風水害の犠牲者。飢饉による餓死者。疫病に襲われて次々絶命してゆく者たち。戦《いくさ》や反乱、略奪のなかで非業の死を遂げた人々。現代よりもはるかに死は身近に存在していた。

だがそれだからといって、中世の人々は死に慣れ親しんでいたわけでは全然ない。彼らが死に無感覚であったなどということは断じてない。彼らが死の気配に敏感に反応しそれを恐れていたことは、ほかならないアリエスが拠り所にしている〝聖人のそばに〟という考えが流布したことのなかに認められる。最後の審判のときに聖人の執り成しによって肉体の復活を果たし天国行きを確実にしたいという中世民衆の欲求は、裏を返せば、中世民衆が地獄をいかに恐れていたかを物語っている。キリスト教の地獄は死にゆく生の永遠の相である。つまり地獄は、絶命という完了した死が実現されるところではなく、人が永遠に死につつあるところ、肉体が終わることなく痛めつけられ死への苦しみを際限なく味わわせられるところである。『ヨハネ黙示録』のなかで地獄は火の池であるが、そこに落ちた者はいつまでもその業火に焼かれていなければならない。「そして彼ら〔＝諸国の民〕を惑《まど》わした悪魔は、火と硫黄の池に投げ込まれた。そこにはあの獣と偽預言者がいる。そして、この者どもは昼も夜も世々限りなく責めさいなまれる」(22)。神の国すなわち天国が幸福な生の永遠の相であるのに対し、地獄は死への恐ろしげな過程がいつまでも続く不幸の永遠の相、より正確に言えば死へ向かう不幸な生の永遠の相なのである。

中世の人々は地獄に漂う死の気配を恐れていたから、聖人の近くへ埋葬されることを願ったのだ。そして矛盾したことに、地獄が死へ向かう不幸な生の永遠の相であったからこそ、中世の人々は地獄に強く牽引されていたのである。アリエスはこの矛盾した人間心理の微妙さも見落としている。

阿部謹也氏の説明にこうあったことを想起しよう。「怪物を抑えつけている大天使ミカエルがいかに生気がなく、それに対して怪物は生き生きとしていることか。総じて彫刻にせよ絵画にせよ奇妙な怪物の方が生き生きとしています。（……）これらの彫刻を彫り、絵に描いた職人、芸術家にとって怪物のイメージの方が聖者や天使よりも身近な存在であったからでしょう。怪物は彼らの日常世界のなかで、姿こそみえね、常に恐れをいだかせながらも身近な存在であったからです。このようにみてくると、これらの教会堂の台座に彫られている怪物たちはキリスト教の浸透とともに抑圧され、踏みつけにされた異教の神々の姿であることが解るでしょう。」

地獄に落ちていった悪魔、獣、怪物、そして人間たち。ロマネスク教会堂の台座や柱頭に彫り刻まれている彼らは、幸福な生の永遠の相にいる者たちよりもずっと生き生きとしている。ずっと生命の躍動を、生命の横溢を感じさせる。

これは、アリエスの言うように死が飼い馴らされていたからではない。キリスト教側が地獄にこめた死の恐ろしさがいかに日常生活のなかで身近に存在していても、中世の人々は、死の恐ろしさに麻痺し無感覚になりはしなかった。アリエスの考える意味での生と死の共存――恐ろしく感じられなくなった死が日常の生と共存すること――など実現されはしなかったのだ。

地獄の図像が生き生きとしていた理由は別なところにある。つまり、恐ろしげな死に近づけば近づくほど生が異様にまた激しく輝きだすという生と死の密接な関係を中世の人々がよく知りこれに憑かれていて、森林の神々にこの関係の体現者を見ていたということ、そしてキリスト教化が進むなかで彼らが致し方なくこれら異教の神々を地獄の世界へ置き入れた(ただし地獄の低い価値付けを内心で嘲笑いながら)ということなのである。

中世の人々が魅惑されていた生と死の極限的な関係を、アリエスが言うのとは違う生と死の共存を、しばらくバタイユの右と左の聖性の議論に戻って捉え直してみよう。

異教であれキリスト教であれ、宗教行為の目的は、左の不吉な聖性を右の吉なる聖性へ変容させることにあるとバタイユは指摘していた。この場合、変容させるとは、実体なきものを実体化させるということ、不定形のものや形を失いつつあるものに形態を与え一体性を得させるということと解してもよいだろう。ならば左の聖性は形なきもののことなのかというと、そうではないのだ。形なきものを前にして覚えることがある恐怖と恍惚の入り混じった感情、そのような劇的で曖昧な感情として意識される何ものかが左の聖性なのである。それは一義的に客体の方にあるとか主体の方にあるとか言えないものなのだ。主客の識別が消える境界領域に現れる何ものかとでも言っておくほかないのである。これに対し、右の聖性は、実体化してしまっている、あるいはその方向に向かいつつあるのだから、客体の側にあると、あるいは客体に結びつこうとしていると言える。「キリスト教は聖なるものを実体化した[23]」とバタイユは定式化しているが、まさにキリスト教は聖なるものを神や教会堂、聖書の言葉といった客体のなかに閉じ込めようとした。

先の〈社会学研究会〉の講演でバタイユは、宗教行為のキリスト教の例として、磔刑に処されたイエスのことに言及していた。キリスト教は、十字架上で痛ましく傷つけられ精神的にも神に反問する（「わが神、わが神、なぜわたしをお見捨てになったのですか[24]」）ほどに引き裂かれていた男を、唯一なる神という実体の位格《ペルソナ》へ昇華させる。そしてその際、イエスにすらその意味がよく分からなかったこの死の苦しみに意味を与える。人類の罪を贖うための犠牲的行為という意味を与える。他方、信者たちに対してもキリスト教はミサに出席させ、イエスの処刑を想起させながら神の犠牲的な愛を説いて、罪や不幸で引き裂かれた彼らの精神を建て直し一体性を回復させてやるのだ。

異教においても聖なるものは実体化されていた。阿部氏が言及していたゲルマンのオーディンのように、自然のなかに感じられていた威力は神に客体化されていた。異教の自然信仰も豊饒祈願という面を持っていたのであり、神々に供犠やお供えをして、恐ろしいほどに強力な自然の力を実体・物の豊饒化に結びつけようとしていた。自然の力を農業という物の生産に、個体としての人間の成長に、村落共同体の繁栄に、差し向け貢献させようとしていた。一言で言えば、自然から、実体・物のためになる御利益《ごりやく》を引き出そうとしていたのだ。

〝聖人のそばに〟という思想、そして巡礼を引き起こした聖遺物崇拝も、根本は一種の御利益への期待である。異教の側ですでに御利益を求める宗教行為が存在していたから、こうしたキリスト教の信仰形態も広まることができたのだ。また別な捉え方をすると、キリスト教側は、御利益を求める異教徒たちの欲求の強さをよく知っていたため、これらの言わば妥協的な信仰形態を作り出して、異教徒たちをキリスト教へ吸収しようとはかったとも言える。

が、いずれにせよ重要なのは、宗教は、こうした左から右への聖性の操作だけに留まらないということだ。逆に宗教は、実体や実体化された聖性を、あるいは御利益のように実体に結びつく聖性を破壊して、左の不吉なる聖性を呼び戻す運動も持つ。むしろこちらの方が宗教の本質だろう。この右から左への非実体化の運動をバタイユは「疑問への投入」と呼んだ。そしてこう述べている。

宗教一般〔= *La religion*〕は、あらゆる事物の疑問への投入である。各種の宗教〔*Les religions*〕は、さまざまな答えが形づくった建造物だ。これらの建造物を口実として、ひとつの際限のない疑問への投入が行われつづける。(25)

バタイユが「疑問への投入」ということで具体的に考えていたのは、笑い、エロチシズム、神秘的瞑想、供犠、芸術（創作、鑑賞の両方）などである。これらの行為は純粋に非実体化を志向しているわけではない。笑いは精神に安らぎと統一を回復させる場合が多くあるし、エロチシズムも子供の産出を招来させるし、神秘的瞑想は見えない神を現前化させたりする。供犠も、先に述べたように、豊饒祈願の儀式として執り行われる。芸術は作品という物体の生産およびこの物体への崇拝と切り離せない。だがバタイユによれば、これらの行為の本質はあくまで実体・物の破壊、消尽、否定にある。そうして左極の聖なるものを体験させるというのだ。例えば芸術についてバタイユは、左極の聖なるものの瞬間性を強調しつつ、こう述べている。「絵画や文章表現は、たしかに、このような瞬間〔＝聖なる瞬間〕を固定したいという意志を持っているが、絵画や文章表現の場合この意志はこうした瞬間を再出現させるための手段にしかなっていないのだ。実際、絵や詩のテクストは、一度現れたものを喚起しているのであって、実体化しているのではない。[26]」

こうして瞬間的に喚起された左極の聖性は、主体においてはえも言われぬ恐怖感と恍惚感の両方に同時的に関係している。それ故、こう言ってよければ、左極の聖性自体も右と左、吉と不吉の矛盾した二相を持っているのだ。ただし左極のなかの吉の相は、異様で常軌を逸した幸福感として感じられるのであって、実体の復活・繁栄に結びついた右極の聖性の幸福感とは無縁なのであるが。恍惚というフランス語（extase）の原義は〝自我の外へ出る〟であるが、まさしく左極の聖性の恍惚感・幸福感は、あらゆる実体から離れる、あらゆる実体を嘲笑う、いかなる実体とも共約可能な関係にならないという面、つまり実体との有益な関係を断ち切るという面を持っている。この左極の聖性のみごとな表現がロマネスクの柱頭芸術なのだ。あの化け物たちの異様な陽気さ、不気味な華やぎこそ、左極の聖性の吉なる相の表現なのである。

六

アリエスは、中世において死が飼い馴らされていたことの例証として、墓地が人々によって公共の広場のごとくに使用されていたことをあげる。『死の文化史』の彼によれば、「中世墓地は、わたしたちが現在墓地ということで念頭におくものとは、似ても似つかないものです。それは公共の場であり、ときにはにぎやかな広場でもあり、たとえばミサがひけたあとに人びとはそこで出会ったり、集まりをもったりしたのでした」[27]。また、『死を前にした人間』ではこうまとめられている。

> 市場であり、公告、お触れ、声明、判決の場所であり、共同体の人びととの集会場にあてられた場所、散歩と遊びと良からぬ談合といかがわしい商売の場所である墓地は、要するに大広場だったということだ。それは広場の機能、典型的な公共地、共同生活の中心地という機能を持っていた。それはまた広場の形、すなわち市の立つ空き地《フォワラーユ》と正方形の中庭という中世と近代初頭の都市計画が知っていた二つの形をも持っていた[28]。

村落共同体、都市共同体の中心に位置していた回廊型の四角い墓地のなかでは、すでに死者は嫌悪されておらず、死の影は薄くなっていた。墓石から腐乱した死骸の悪臭がもれていても、骨が地面に散乱していても、人々はまるでそれを気にとめないかのように陽気に振舞っていた。中世の墓地において死へのタブーは消えていたとアリエスは様々な資料に拠りながら断じる。

アリエスによれば、一二三一年のルーアンの公会議では「墓地、または教会内で踊ること」が禁じられ、一四〇五年の別の公会議でも、墓地における踊り、賭けごと、大道芸、いかがわしい商売が禁じられている。こうした禁令が出されたということは、これらの〝遊び〟が現実にいかにさかんに行われていたかということを証している。「回廊の中にあるものは、五百ばかりの浮かれ騒ぎ」というパリ・イノサン墓地の光景を伝える十六世紀の詩句をアリエスは引用しているが、まさにそのような生の活気と喧騒が中世の墓地には溢れていたらしい。

しかしこれは死が飼い馴らされていたからではない。そうではなく、逆に死がその否定の力を暗々裡に発揮していたからなのだ。墓地の基底で死が「疑問への投入」を静かに行っていたから、人々は陽気に——教会当局が禁令を再三出さねばならないほど常軌逸脱《はめをはず》した陽気さで——墓地のなかで戯れていたのである。

アリエスは、こうした〝遊び〟さらには定期市、裁判の判決、自治体の集会に墓地が用いられていたのは、そこがアジール（＝asile, 避難所の謂）であったからだとしている。が、彼は、アジールの特権（在俗権力が行使されないという不可侵権）を聖人の慈愛の思想（聖人は、死者に対しては天国行きの執り成しを、生者に対しては現世での保護を行うという解釈）に帰着させている。

たしかに中世の墓地や教会には聖人が埋葬されていたが、しかし聖人の遺体も含めた死の気配が、死の威力が、アジールの特権の根底にはあったのだ。『甦える中世ヨーロッパ』の阿部氏によれば、「アジールとは聖なる場所、避難所と訳されますが、古代からある重要な制度です。アジールの最も古い型は神聖な空間やモノと接触した者が神聖な性格をおび、誰もその人に手出しができない状態になることでした。つまり人間には計り知れない何かの力がその空間やモノにはみちていて、それがそこに入った者に移ると考えられていたのでした。神殿や祭祀の場所、墓所や森などがそのような場所と考えられていました[29]」。中世においてアジールの特権は多少とも形骸化されていたようだが、それでも今日の外国大使館における特権とは違って、聖性と密接に結びついていた。

死の気配が人を陽気にさせることに話を戻すと、バタイユは一九五五年発表の重要論文「ヘーゲル、死と供犠」のなかで、アイルランドやイギリスのウェールズ地方（古代ケルトの異教の伝統が色濃く残っている地方だ）でかつて見られた通夜の古い風習（ジェームス・ジョイスの『フィネガンズ・ウェイク』でも扱われている）に触れて、こう述べている。「ウェールズ地方では人々は、家の栄《は》えある場所に、棺を開けたまま、立てかけておくのが習わしであった。そして死者は、自分の一番立派な服を着せられ、シルクハットをかぶせられた。家族の者は死者のすべての友人を招待し、友人たちは長いこと踊れば踊るほど、そして死者の健康を祝って大量に酒を飲めば飲むほど、彼らのもとを去った友を称えたことになるのだった。一人の他者の死が問題になっているとはいえ、このような場合、他者の死はつねに死それ自体のイメージになっているのである。実際、誰しも次の条件でしか楽しむことはできないであろう。すなわち、他者である死者が饗宴に賛成しているとみなされているが、現在酒を飲んでいる自分も将来死者となったときには今の死者と同じように理解されるだろう、という条件である。[30]」

この陽気さは、他人の死だから気楽に振舞えるという安易な態度に起因しているのでもなければ、「死の実存を否定したいとする願い[31]」に発しているのでもない。この陽気さは、棺を開けたままにし、そのうえ、無意識ながらもその死者を誰それの死ではなく死それ自体とみなして直視することから生じている。かつてのウェールズ地方の人々は、死とじかに接し不安に襲われるという事態のなかに特別に陽気な生の相がひそむことを無意識裡によく心得ていた。死を前にすると生が異様に豊饒化し明るくなるという神秘を彼らは言わば肉体のレヴェルで知っていた。それだから彼らは死に憑かれ、「死者たちへの強い崇拝の念」を、「死への明白な強迫観念《オプセッシオン》」[32]を持っていたのだ。

死への不安と特別な陽気さが密接に関係し相乗効果を生みだすことをバタイユは自分の体験から次のように描き出している。

> 私が死を陽気に眺めるときに問題になっているのは、恐怖させるものに背を向けて、「それはたいしたことではない」とか「それは偽りだ」などと言うことではない。そうではなく逆に、陽気さが死の業《わざ》に結びついて、私に不安を与え、その不安によって陽気さがいっそう増大し、その陽気さのためにまた不安がいっそう激しくなる。こうしてついに陽気な不安、不安な陽気が、熱情と悪寒の交錯するうちに、「絶対的な引き裂き」を与えるということなのである。この「絶対的な引き裂き」というのは、ほかでもない私の喜悦が私を引き裂いている状態なのであり、また私が極限まで、際限なく、引き裂かれていないのだったら、喜悦のあとに衰弱が続いてしまうような状態なのである。[33]

ここで言う「絶対的な引き裂き」[34]とは、バタイユがヘーゲルの文章のなかで最も重視していた『精神の現象学』の序文の一節にある表現である。「死こそは最も恐ろしいものであり、死の業《わざ》を制止することは最大の力を必要とすることである」というこの一節のなかの言葉をバタイユは愛好し、小説『マダム・エドワルダ』の序文に題辞として引用してさえいるが、しかし彼は、死を前にしてのヘーゲルの態度を絶対的なものだとは思っていなかった。というのもヘーゲルはただ恐怖の視点からのみ死を捉えていて、喜悦による引き裂きを知らずにいたからだ。たとえ死という「〈否定的なもの〉の近くに留まる」ことが言明されていても、ヘーゲルにとって死は恐怖の対象でしかなく、それ故、負の、否定すべきものとみなされてゆく。死の威力は、喜びの魅惑力を奪われているため、理性の否定力の前に屈服し、〈精神〉の統合へ止揚されてゆく。結局、ヘーゲルにおいて〈精神〉が引き裂かれる死の体験は「上昇のなかでの一つの事故にすぎないのだ。（……）それは、意味のない偶発事でも、不運でもない。引き裂きは逆に意味で満ちている。（ヘーゲルはこう言っていた——強調を付したのは私〔＝バタイユ〕である——「〈精神〉は、絶対的な引き裂きのなかに自分自身を見出してはじめて自分の真実を手に入れるのである。」)」(35)

七

ヘーゲルは神人同形同性論に立っていた。彼の言う〈精神〉とは、神の精神であり人間の精神でもある。両者は理性の導きによって同じ弁証法的運動を生き、同じ現象を呈する。双方とも精神が二極に分解され引き裂きの体験をするが、これを恐怖と不幸の相としてだけ捉えて乗り越えてゆく。この経過は『ヨハネの黙示録』に幻視として描かれる神の摂理、神の歴史にも認められる。以下最後に、『ヨハネ黙示録』の中世の註解書と柱頭芸術の結びつきという問題に立ち寄りながら、前者の神の摂理を上回る聖性を後者の柱頭芸術が表現していたことを確認しておきたい。この問題についてもバタイユは発言し、その言葉は示唆に富んでいる。

ヨハネが見た幻視によれば、処刑されたのち復活をはたし天に昇ったイエスは、殉教した聖人たちとともに一千年の間、地上を支配する。「悪魔でありサタンである龍」が天の使いによってつなぎとめられていたため、この一千年は至福のうちに推移した。だが一千年を過ぎると、サタンは獄から出て、諸国民を惑わし戦乱へ導いた。自然界も異変が続き災害が相次ぐ。が、天から火が降ってきて、サタンに取り憑かれた諸国民を焼き払い、サタンも火の池へ落とされる。やがてキリストが再臨し死者たちはそのしわざに応じて天国行きか堕地獄かの最後の審判を受ける。

『ヨハネの黙示録』のこの終末思想は西欧中世のキリスト教聖職者たちのあいだでよく広まった。その理由は、彼らの眼前で絶えず恐怖に満ちた光景が展開し、終末の到来を感じさせていたからである。いやこう言った方が適切かもしれない。恐ろしい事態をイエスの再臨の前段階と解釈し意味付けする『ヨハネの黙示録』は、彼らに対し、眼前の理不尽な不幸を合理的に、かつ希望をもって理解することを可能ならしめたからだ、と。

イエスは三十三歳で昇天したのであるから、彼の一千年王国の終わりは一〇三三年のはずである。本来ならば終末思想はこの頃に広まるべきなのだが、実際は一〇三三年にかかわらず、それよりもずっと以前に、つまり一千年王国が健在であるときからキリスト教聖職者たちの心を捕えていた。それほどに地上に不幸があって、彼らは『ヨハネの黙示録』にすがらなければ生きてゆけなかったということだろう。異民族による侵略、封建諸侯間の戦闘、異常気象による風水害、飢饉、悪疫。こういった不幸に痛めつけられていた彼らは、それをイエスの再臨までの試練と理解することで耐え忍び乗り切ろうとしていたのである。

北スペインのリエバナの修道院長ベアトゥスもその一人であった。イスラム教徒アラブ人は七一一年イベリア半島を制圧し、七三二年にはスペインのほぼ全域を支配下に治めた。キリスト教徒は、北スペインの海岸沿いに細長く広がる山がちのアストリア地方とピレネー山脈にわずかに居住することができたが、それとて安住の地ではなく以後もイスラム教徒の侵略に絶えず脅やかされていなければならなかった。アストリア地方の渓谷に引きこもったベアトゥスが終末思想に思いをはせても無理からぬ状況だったのだ。彼は七八四年に『ヨハネ黙示録註解書』を書きあらわしている。

ベアトゥスの註解本はスペインの他の修道士たちによって次々に筆写されていった。やがて十世紀にクリュニー会がフランスからスペインの西北端サンチャゴ・デ・コンポステラまでの巡礼行を奨励するようになると、南西フランスと北スペインの修道士たちの交流が深まるようになっていき、例えばガスコーニュ地方のサン＝スヴェール修道院においてもグレゴアール院長時代（一〇二八－一〇七二）にベアトゥスの書物は模写された。この写本はのちに『サン＝スヴェールの黙示録』と呼ばれるようになる。

ベアトゥスの『ヨハネ黙示録註解書』は現在、約二五の写本の存在が確認されている。それほどまでにこの本が人気を博した理由は、註解の内容とともにそれに付された彩色挿絵の迫力ある美しさ、異様美にあった。黙示録の恐ろしげな主題が大胆な構図のもとで強烈な赤、深い青、熱く濃い黄で描かれていたのである。

フランス美術史研究の大家エミール・マール（一八六二－一九五四）の研究書『ロマネスクの図像学』（一九二二）によれば、フランスのロマネスク教会堂の彫刻は、『サン＝スヴェールの黙示録』

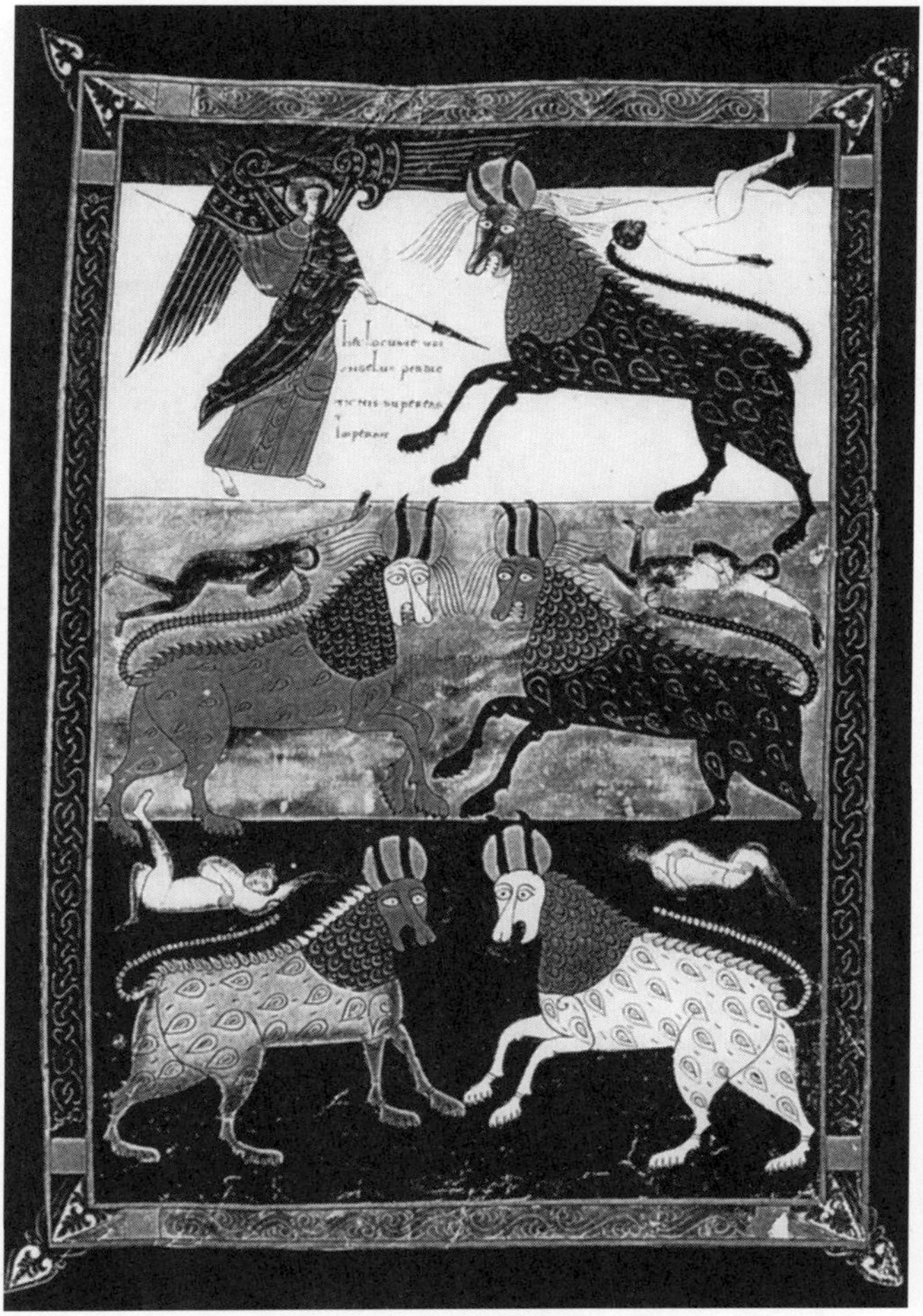

ベアトゥスの註解本のなかの挿絵（蝗の禍）

（およびその他の写本）の挿絵を一つの重要な源泉にしていた。彫刻家たちは、この挿絵に描かれた黙示録上の悪魔・怪獣に触発されて、教会堂や回廊の柱頭に化け物たちを彫りこんでいったというのである。

ただしマールがそれらの柱頭彫刻に関して強調してやまないのはオリエントの影響だ。言い換えればキリスト教との結びつきの希薄さである。最後の審判をモチーフにした教会堂正面扉口のタンパンの彫刻ならばまだキリスト教的と言えるだろう。しかしマールによれば、柱頭の化け物たちは、もとをただせばオリエントの異教信仰における想像の産物（守護精霊や悪魔）であって、キリスト教化とは直接関わらない、民衆を楽しませるための装飾であった。そもそもベアトゥスの原本自体がアラブ世界の影響下にあったのであり、それ以後の写本も同様だったとマールは主張する。「これらの写本挿絵がただ次つぎに忠実に引き写されていっただけだと考えるのは、とんでもない間違いである。ベアトゥス自身もオリエントの古代の『黙示録』註解者たちから多くのものを借りているように、彼の挿絵作家たちもシリアあるいはエジプトから来た他の写本挿絵を手本としたことは大いに考えられるのだ(36)」。柱頭の怪獣たちについては、「われわれのロマネスク教会の奇妙な動物たちがほとんどの場合、オリエントの織物に見られる素晴らしい動物たちの多少とも自由な再現であることは確かと考えられるのだ。西欧の彫刻家たちは必ずしもそこに意味を与えようとは思わず、多くはただ教会を飾ることだけを考えていたのである(37)」。「いくつかの例外はあるとしても、柱頭彫刻の怪物たちに何ら象徴的意味のないことはもはや明らかである。それらは教化を意図したものではなく、人びとを楽しませるためのものだった(38)」。

『サン－スヴェールの黙示録』は一七九〇年にパリの国立図書館に移され保管された。バタイユはパリの古文書学校で中世の文学や歴史を勉強したあと、一九二二年この国立図書館に図書司として就職している。そして『サン－スヴェールの黙示録』に直接触れえた体験から出発して、一九二九年自ら編集する美学・考古学雑誌『ドキュマン』の第二号（一九二九年五月）にその挿絵についての論文を発表している。バタイユの論文の特徴は、マールの『ロマネスクの図像学』を踏まえながらも、自分固有の見方を、彼自身の聖性の考えを呈示しているところにある。バタイユは、『サン－スヴェールの黙示録』をマール以上に中世の現実に、民衆の生《なま》の精神に、開かせ、恐怖を上回る陽気な聖性の所在を言いたてるのである。

まずオリエントの影響については、芸術の様式上の問題などよりも、アラブ人たちがキリスト教徒たちをつねに戦争の脅威にさらしていたことの方が重要だとしている。バタイユによれば、そのような恐ろしい社会状況に接していたからこそ、『サン－スヴェールの黙示録』の挿絵はある特別な陽気さを醸しだすことができたのだ。「挑発的な人の良さ」「年寄りじみた至福感」と形容されるその陽気さは、「直接的な事件から情熱が生み出される状況的な民衆文学、つまり武勲詩や俗語で書かれた布教用の韻文(39)」にある「上機嫌さ」に通じるとバタイユは主張するが、彼がことに強調するのは、恐怖に接することによって生じるこの陽気さが絵画の構成に自由を与え、「建築的」な整合性・荘重さを回避させているということである。九世紀から十世紀にかけてライン河沿岸地方の修道院で描かれた聖書の挿絵はそうではなかった。「ライン河沿岸地方の絵画は、しばしば転覆し混乱しもする社会生活の埒外で平穏に暮していた瞑想的な修道僧の神学上の省察と同じ精神から発

『サン－スヴェールの黙示録』の挿絵（蝗の禍）

しているのである」[40]。

バタイユは、マールに典拠しながら、『サン-スヴェールの黙示録』のなかの悪魔の図像がロマネスク教会堂の柱頭彫刻に昇華していったことは認めているが、しかしその言及はきわめてそっけない。教会建築のなかに非建築的な挿絵が吸収されていったことをまるで悼《いた》んでいるかのようなのだ。左極の聖性が実体化され右極の聖性のなかに組み込まれたとバタイユは考えているのだろう。写本群の影響の下に「モニュメンタルな」彫刻が生み出されたことを称えているエミール・マールとは違う、より厳密な聖性の理解をバタイユは貫こうとしているかのようである。

中世フランスの農民たち、貴族たち、キリスト教聖職者たちが、ロマネスク教会堂に実利的な聖性を期待していたのは抗いようのない事実だと思う。最後の審判における聖人の執り成しへの期待、聖遺物からの御利益の期待、中世の人々は生きてゆくことの不安からそうした願望に駆られ、教会堂を建設し、そのなかに集《つど》ったのだ。が、それだけではない。同時に別な聖性にも憑かれていた。死の不安に駆られたときに躍動しだす生の豊かさに彼らは何らか覚醒し、牽引されていた。実利的な方向とは逆の方向へ進み入ったときに見えだす生の輝きに彼らは、意識裡にしろ無意識裡にしろ、魅力を感じ、自らの肉体を、財を、情念を捧げようとした。クリュニー会の修道士たちはその無益無益な芸術生産において、貴族たちはその戦闘において、ベアトゥスの註解書を筆写していた修道士はその挿絵の再現行為において、聖なる生への欲求を満たしていたのである。そして農民たちは、日頃接する大自然の奔放な動きのなかに、例えば豊かな森林のなかへ分け入ったときの気配のなかに、吉と不吉の極限的な展開を、左極の聖性の戯れを感じとり、身体ごと交わっていた。彼ら森のはずれの住人たちは、夏の夕暮れの刻々と色を変え深さを増す樹林の気配に、黒つぐみの力強く透明な歌声に、狐のかん高い叫びに、自然界の諧謔と悪意を読み取り、自らもそのなかで一体となって戯れていたのである。

だがその森林は彼らの手によってどんどん消えていったのだ。代わって作り出された耕作地は森林の深い聖性など微塵も感じさせなかったから、彼らの聖性への欲求はひたすらに募っていった。他方で、黙示録の終末思想にすがっていたキリスト教聖職者側は、彼らと妥協しながら新たな居住地の中央に教会堂を建て、神の歴史計画のなかへ彼ら農民や貴族たちを誘いこもうとした。

ロマネスク教会堂は表向き黙示録の世界である。だがひとたび正面扉ロタンパンの裁きの神、最後の審判者イエスの下をくぐると、そこは黙示録の終末世界以上の聖性の空間となる。柱頭の化け物たちは、神の歴史計画にそぐわない聖性を呈している。人でも猿でも獅子でもない彼ら、いや人でも鳥でも蛇でもある彼らはそうした曖昧さのなかに揺曳《ようえい》していて、実体化され意味付与されることを拒んでいる。墓地の上で浮かれ騒ぐ民衆たちのように、彼らは、恐怖一辺倒の黙示録の聖性理解を笑いとばし、その彼方へ軽やかに出ていっている。彼らは、死を飼い馴らしたというのではなく、死への不安を笑いとばし同時に死の生々しい威力に駆られながら、意味もなく快活に、陽気に戯れているのである。

農業革命が進捗し食糧事情が好転したとはいえ、当時の民衆の食生活は近代社会のそれとは較べものにならないほど貧しかった。だが、物質的にいかに貧困であっても生の豊かさは存分に寿《ことほ》がれるものなのだ。この理《ことわり》をロマネスク教会堂の柱頭芸術はわれわれにはっきり教えてくれている。そして、実体から溢れ出る生の横溢こそ宗教性と芸術性の根源であるという奥義を、柱頭の妖怪たちは、森林の薄暗がりのような堂内で、われわれに静かに語りかけてくれている。死の恐怖と紙一重の陽気さこそ生の極みであり宗教と芸術の共通した本質なのだと、彼ら化け物たちはわれわれに教示してくれている。

III

聖なるコミユニケーション

ヴェイユとバタイユの場合

一

かつて私のなかでヴェイユとバタイユは密接につながって共存していた。

何も分からずただ熱に浮かされたように毎日を送っていた二十三歳の頃、大学の授業で知ったシモーヌ・ヴェイユの思想は、一種の戒律となって私のなかに棲みつき、私を強く教唆した。野心とコンプレックス、野放図さと過度の反省、大胆さと小心さ、夢と計算高さ、プライドと自己侮蔑、過剰な自信と繰り返し押し寄せる不安。このような矛盾した思いが私の体のすみずみまで支配していたが、ヴェイユの言葉はそんな私のなかにストレートに入ってきて、強力な解決を呈示してくれているように思えたのだ。

当時の私を呪縛していたのは、例えば『重力と恩寵』のなかにある次のような言葉だった。

わたしたちの生は、不可能であり、不条理である。わたしたちが願い求めるものはどれをとっても、それぞれと関連した条件や結果と矛盾するし、わたしたちが提案する命題は、どれをとっても反対の命題を含んでおり、わたしたちの感情にはすべて、その反対の感情が入りまじっている。というのは、わたしたちが被造物であって神であり、しかも神とは限りなくことなる者であって、ただ矛盾そのものだからである。(1)

不可能は、超自然的なものへいたる門である。(2)

神をつかみとろうとするペンチであるかのように、たましいの中には相反する徳が同時に存在している。(3)

真の善ならどんなものでも、互いに矛盾する諸条件を含んでいる。だから、それは不可能なのである。(4) この不可能であるということに注意を真にそそぎつづけ、行動する人は、善を行うことができる。

(……)善とは、いつも、相反するものの一致と定義してよい。(5)

人間は、どうにも解決できない矛盾を自分のなかにいくつもかかえもっている。不完全性、不可能性、有限性は、人間の避けがたい特徴だ。ヴェイユはそう感じている。しかしそこに留まらない。人間のこの否定的な特徴から全面的に肯定的な存在（超越的な神、絶対的な善）を導き出そうとしている。人間の不完全性に照らして完全な存在を想定するという考え方はデカルトにもある（例えば『方法序説』第四部の神の存在証明）。ヴェイユは若いときからデカルトを熱心に読み多くを摂取した人だから、この考え方もデカルトから継承しているのだろう。

私はデカルトの授業にも出席していた。しかし、人間の矛盾、不可能性から真の善、絶対的な善を立ち上がらせる考え方を私に生き生きと感じさせてくれたのは、ヴェイユの方だった。むろん、私の不可能性、私の到らなさは、高潔で高度に知的なヴェイユのそれとは質的にだいぶ違っていた。だが、自分の到らなさに始終責めさいなまれていた私は、ヴェイユに促されて、自分の彼方に絶対的な正しさがあると信じるようになっていた。自分の精神と行動を律する高い善が自分の外に確固と存在している。自分の成長はそれに触れ、それに基づいて行動できるか否かにかかっている。私はそんなふうに思いなしていた。

しかしどういうわけか、この絶対的な善への信仰は、私を成長させるどころか逆に強迫観念となって私をますます混乱させた。絶対的な善は、いつまでたっても変わらぬ私の混乱をよりいっそう強く意識させ、私をそれまで以上に苦しめた。

言い換えれば、ヴェイユの言葉に接したおかげで私は、自分の内的世界の全体がジョルジュ・バタイユの苛烈な内的世界によりいっそう近づいたような気になってしまった。自分の外の絶対的な善を仰ぎ見れば見るほど、私のなかの矛盾はいっそう逆巻いて、それ自体、バタイユの神なき精神世界に近くなったように思えてきたのだ。その頃読み始めていたバタイユの『内的体験』(出口裕弘訳)、なかでも彼が自分の若い頃の精神状態を振り返った「刑苦」の章の次の言葉がすこぶる身にしみて感じられるようになってしまったのである。

当時、私はひどく若くて、混沌としていて、無意味な陶酔にかぶれていた。まったく当を得ない、目くるめくような、それでいてすでに気苦労と苛酷さをいっぱいに詰めこんだ思想、身心を責めさいなむ思想が輪舞を踊っていたものだった。……この理性の難破の中に、不安が、孤絶した失墜が、怯懦が、劣等性が、わがもの顔におさまり返っていた。(6)

続いて書かれてある不可能なものの体験にも私は深く魅せられていた。自分もそんな発作のような陶酔に何もかも忘れて没入したいと思ったものだ。雨も降らないのに傘をさして夜のパリの通りを横切ったときバタイユを突如襲った哄笑の体験である。

しばらく以前のお祭り気分がまた始まっていたのだ。たしかなのは、あの気楽さが、同時にあの角立った「不可能」が、私の頭の中に爆発したということである。おびただしい笑いをちりばめた空間が私の前にその暗黒の淵を開いた。フール通りを横切りつつ、私はこの「虚無」の中で、突如として未知の存在となった……私は私を閉じこめていた灰色の壁を否認し、ある種の法悦状態に突入していった。私は神のように笑っていた。傘が私の頭に落ちかかってきて私を包んだ

（私は故意にこの黒い屍衣をかぶったのだ）。かつてなんぴとも笑ったことのない笑いを私は笑い、いっさいの事物の底が口をあけ、裸形にされ、私はまるで死人のようであった。[7]

個人を画する精神的な壁が打ち破られ半死半生の極限的な曖昧さのなかに入り込み、そこで事物の底、世界の深奥と交わる体験。このようなバタイユの神秘的体験に私は強く牽引されていたが、同時にその神なき様、絶対善を取り払った不可能性に不安を覚えもしていた。このまま混乱した状態に留まっていてよいのか、未成長のままでいいのか。そんな疑問が絶えず私のなかに去来していた。

だが結局私は、大学院に進むにあたってバタイユを選択した。彼の思想家としての懐ろの広さに気づき、それに惚れてこの選択になったわけだが、しかしバタイユの作品を読み込んでいたわけでは全然ない。ましてや、彼の思想を理解するうえで重要なヘーゲルやニーチェの哲学についてはまったくの白紙状態だった。ただ蛮勇に動かされて飛び込んだというだけのことで、自分の実力不足、勉強不足のつけは、その後たっぷり支払わされることになった。

人間の成長云々について言うと、当時の私は、文学の選択は生の選択と同じだと深く思い込んでいたのであり、バタイユを選ぶことで自分は変わると信じていたのだが、その反面、どのような思想家を勉強したところでしょせん自分は変わらないだろうと、心の片隅で漠然と感じてもいた。一人の人間が変わるには、新たな別種の人間の境遇に入ってそれとの対応をいやおうなく迫られるというのが一番だと（肉体の条件に変化が生じるという場合を別にすれば）考えもしていた。

それはともかく、以下の試論で私は自分の若い頃の実感をもとにバタイユ（一八九七-一九六二）とヴェイユ（一九〇九-四三）の思想の異同を明らかにしてみたい。

この二人はとかく正反対の思想家と受け止められている。そもそも本人どうし生前から鋭く反目しあっていた。のちのそれぞれの研究家たちも、まるで代理戦争でもするかのように、両者の違いを強い口調で際立たせようとした。

たしかに最後の段階で両者の思想は決定的な相違を見せる。しかしそれは、同じ極限的な混沌に身を置いた人間が背中合わせになって別なものを見ようとしていたという違いである。前と後ろに二つの顔を持ったヤヌス、それも人知の及びがたい不確かな所に立たされたヤヌスの姿が想像されてよい。バタイユとヴェイユは同じ限界体験を生きたということ、そのことがまず強調されねばならないと私は考えている。

二

ヴェイユから始めよう。

私が第一に注目している彼女の限界体験は、スペイン市民戦争（一九三六-三九）におけるそれである。

ヴェイユが書き残したもののなかでスペイン内戦の体験を記した文章はきわめて少ない。彼女の絶望の深さを物語る証左だろう。現在のところ直接的で有力な資料は「スペイン日記」と「ベルナノスへの手紙」ぐらいだが、それらは、彼女が戦場で何を見、何を感じたかをよく伝えている。

ヴェイユは、内戦勃発から一ヵ月後の三六年八月十七日にはもうすでに反ファシズムの人民戦線側の義勇兵として最前線に立っていた。バルセロナから二五〇キロ内陸へ入った地の果てのようなエブロ河沿いの荒野でのことである。

高校の哲学の教師からぶっつけ本番で兵士になった彼女はこの日初めて銃を持ち部隊とともにエブロ河を渡って敵陣のなかへ入っていった。藪《やぶ》に身を隠しながら一軒の農家へ偵察に赴いたその行動は、彼女によれば「ピナ(8)［＝戦線近くの町］にいたあいだで私が初めて、そしてただ一度だけ、恐怖を覚えた出来事だった。」

翌日の八月十八日、彼女は再び一隊とエブロ河を渡り同じ農家へ偵察に出ている。ヴェイユは他の者たちと途中で待機を命じられたが、やがて義勇兵仲間のドイツ人男性の誘いに応じて、農家の間近の塹壕まで進んでいった。ドイツ人は塹壕のなかで恐怖に震えだす。彼女は恐怖を感じない。いや正確に言うと、このうえない緊張と死の恐怖を感じながらも、これに心を支配されずにいた。私が特に注目するのは、このときの雰囲気を伝える「スペイン日記」の次のくだりだ。メモ書きの粗い文章だが、緊迫感にあふれている。

木陰に、銃をもって（装塡はしていない）、横になる。待つ。ときどきドイツ人が溜息をもらす。彼は見るからに怖《こわ》がっている。私は怖くない。しかし私の周囲ではあらゆるものが何と強烈に息づいていることか！　捕虜のない戦争なのだ。つかまれば、銃殺にされる。同志たちが戻ってきた。百姓一人、その息子と例の若者……。彼らを見て、フォンタナが拳を上げる。息子は明らかに強いられて返答をしている。残酷な強制だ……。百姓は家族を探しに帰る。各自それぞれの持ち場に戻る。敵の偵察機だ。身を隠す。ルイが不用心な連中をどなりつける。私は仰向けに横たわり、木の葉を、青い空を眺める。ひどく美しい日。私をつかまえたら、やつらは私を殺すだろう……。だがそれも当然だ。味方もかなりの人間を殺傷したのだから。私は、道義上、共犯者なのだ。あたりは完全に静まりかえっている。(9)

ヴェイユの親友であったシモーヌ・ペトルマンは、そのすぐれた『評伝シモーヌ・ヴェイユ』のなかでこの一節を引用し、直後にこう付け加えている。「彼女は、ひょっとすると自分たちの退路が断たれ、殺されるかもしれないぞと考えていたとき、この世界が自分には異様に美しく映ったものだと、スペインから帰国後にわたしに語ってくれたが、おそらくそれはこの待機と沈思のひとときを暗に思いうかべてのことだったのであろう。(10)」

今にも敵が襲撃してくるかもしれないという緊張感、まちがいなく銃殺されるという運命への怖れ、殺人という最大の非道徳に関係したという罪悪感。エブロ河沿いの塹壕に横たわるヴェイユは、こうした限界状況の感覚を全身で感じている。だが彼女はこれに圧倒されていない。逆に真上に広がる空の青さに魅せられている。「ひどく美しい日」という端的な表現は、彼女の極限的な観照とその恍惚的なヴィジョンを伝える言葉だ。

死の恐怖を知りながら、しかしそれを乗り越えて自分の周囲の世界が「強烈に息づいている」と感じ、しかも「この世界が自分には異様に美しく映った」という体験は、バタイユの聖なるものの体験と同じ地平にあると言ってよい。

この頃のヴェイユはまだ無神論者であってキリスト教の神は信じてない。世界美を、神に対する宇宙の服従とは捉えていない。「世界の中には、神の受肉といっていいようなものが存在するのであって、美はこのしるしである。[11]」このような神学的な美の解釈とは無縁なところにヴェイユはまだいる。

三

作家ジョルジュ・ベルナノス(一八八八―一九四八)に宛てた手紙も、別な意味で彼女がバタイユと同種の体験をしていたことを明かしている。

ベルナノスは、地中海のスペイン領マリョルカ島でスペイン内戦の悲惨さをつぶさに体験した人だ。彼はもともと政治的に右翼に与《くみ》し熱心なカトリック信者であったから、内戦に際しても初めからフランコ派支持の態度をとっていた。ヴェイユとは逆の右翼ファシズム勢力に正義を見、これを信じていたのである。

が、彼の態度は、フランコ派による凄惨な「赤狩り」に接するにおよんで、根底から揺らぎだす。平和な島の何の罪もない労働者や農民がフランコ側の勢力によって次々残酷に処刑されてゆきわずか七ヵ月でその数が三千人に達したとき、ベルナノスは、もはやフランコ派の軍人にも、これに陰に陽に協力していたカトリック聖職者にも、正義の一片すらないことを確信するに至る。[12]

彼の『月下の大墓地』(一九三八)は、こうした右翼側の不正義を暴いた一種のインサイド・リポートである。その底辺にあるのは彼の失意だった。それまで善として信じていたものが悪に転落したことへの絶望であった。

ヴェイユがまったく面識のないこの有名作家に私信を送った理由は、左翼の側においても同じ事態が存在し同じ絶望を味わわされたことを伝えたかったというところにある。彼女の「ベルナノスへの手紙」(『月下の大墓地』発売直後の一九三八年五月頃の執筆)は、左翼陣営に属していた人間の途方に暮れた内情暴露なのだ。

ヴェイユがこの書簡をしたためた理由はもう一つある。

ベルナノスは史上の大虐殺を振り返りその原因を人間の恐怖心に見ていた。一五七二年の聖バテルミーの惨事(王太后カトリーヌ・ド・メディシスとカトリックの首領ギーズ公による計画的な新教徒大虐殺)、一七九三年から九四年にかけてのロベスピエールの恐怖政治、一八七一年のヴェルサイユ中央政府によるパリ・コミューン派の討伐、そして今回のマリョルカ島での大量殺戮。これらを引き起こした根本の原因は、憎悪でも復讐心でもなく、いわんや正義などではなく、恐怖心なのだとベルナノスは言い切る。「あらゆる暴政《テルール》はたがいに似ており、そこに差違はない。むりな区別はつけさせないでほしい。わたしはすでに多すぎるほどのものを見、知りすぎるほど人を知り、とりすぎるほど歳をとった。どんな人間のなかでも〈恐怖《プール》〉は醜いものだ。そして虐殺者たちの美辞麗句の裏側にあるのは恐怖だけである。虐殺は恐怖のみからおこるものであり、憎悪はアリバイにすぎない。」(13)

ヴェイユが人民戦線側の同志たちの残虐行為のなかに見たものは、これとは違っていた。恐怖は根源の要素ではなく、むしろ乗り越えられてゆく心理にすぎなかった。同志たちを虐殺へ向かわせていたのは、快感であり、陶酔であり、笑いであったのだ。以下の一節は「ベルナノスへの手紙」の核心部分と言ってよい。

バルセロナでは、討伐という形で、一晩に平均五十人が殺されました。これは、比率からいえば、マリョルカよりずっと低いことになります。バルセロナは人口百万近い都会なのですから。しかし、そこでは三日にわたる血なまぐさい市街戦がくりひろげられました。ただし、こうした場合、死んだ人の数などは、おそらく肝心なことではないと思われます。肝心なのは、人を殺すということに対する態度です。スペイン人のなかにも、また戦闘に参加しにきているのかそぞろ歩きにきているのかわからないようなフランス人のなかにも——こういうフランス人たちはたいてい個性のない、毒にも薬にもならないインテリでした——打ち明け話をしているときでさえ、むだに流されている血について、反発や嫌悪を表明する人を一人も見かけませんでしたし、不賛成の意を表明する人さえついぞ見かけませんでした。あなたは恐怖について語っておられます。いかにも、こうした屠殺行為には恐怖がつきまとうものです。しかし、私が居合わせたところでは、恐怖は、あなたがおっしゃっておられるような役割を演じてはおりませんでした。いかにも勇気のありそうな人々が——そのうち少なくとも一人はほんとうにそうであることをこの目でたしかめたのですが——同志的雰囲気につつまれた食事のさなかに、にこやかな笑みを浮かべながら、どれだけの数の司祭や「ファシスト」——この言葉はずいぶん広い意味に使われていたのです――を殺したかを語り合っていました。私は、私で、次のように感じたのです。つまり、世俗の当局と教会当局とによって、生命に何らかの価値をもつ人々の埒外に、あるカテゴリーの人たちが置かれた場合、人間にとって人を殺すことほど自然なことはなくなる、と。人を殺しても、罰をこうむるおそれも、咎めを受けるおそれもなければ、人は殺人を犯すものです。あるいは少なくとも、人殺しをする人々を、はげますような微笑で包むものです。たまたま、最初いささか嫌悪をおぼえたとしても、人はそれを口にすることをはばかり、やがてはそれをのどの奥にしまってしまいます。男らしさを欠くと思われたくないからなのです。そこには一種の誘惑、一種の酩酊のようなものがあり、強い精神がなければそれにさからうことは不可能なのですが、このような精神は例外的なものだと思わずにはおられません。というのは、私はそれに相まみえたことは一度もなかったからなのです。そのかわり、何人かのおとなしいフランス人に出会いました。そういう人たちを私はそれまで蔑んでいませんでしたし、彼らは自分たち自身で人殺し沙汰に手をかそうなどとは思ってもみないような連中でしたが、それでも、あの血に塗りつぶされた雰囲気のなかに明らかに楽しげにつかっていたのです。こういう連中には、これからもけっして敬意を表するようにはなれますまい。(14)

たとえ「最初いささか嫌悪をおぼえたとしても」、人は逆にこれを抑え、「一種の誘惑」、「一種の酩酊」から屠殺行為に走るということ。そうして「血に塗りつぶされた雰囲気のなかに明らかに楽しげにつか」るということ。これはベルナノスが言及しなかった、そしてヴェイユがその人生で初めて遭遇した人間の様相だった。

今引用した箇所のすぐ後には「あのような雰囲気は、たたかいの目的そのものをたちまち蔽いかくしてしまいます。[15]」とも書かれてある。同志たちは、正義の実現という目的を戦闘に課していたはずなのに、いざ実際に戦いの局面になってみると、この目的を忘れ、戦うこと自体を楽しんでいるかのように見えた。内発的な衝動に駆られて自然に殺戮行為をおこなっているかのように、戦争をすることが人間の本質であり生の真の目的であるかのように、ヴェイユには見えたのだ。

この印象は、バタイユがすでに三年前に打ち出し、そのときヴェイユが強く反発していた革命観に通じるところがある。

バタイユは、仏共産党を除名された反スターリン主義の極左活動家ボリス・スヴァーリンの主導する〈民主共産主義サークル〉に一九三一年から属し、その機関誌にあたる『社会批評』に重要な論文をいくつも発表していた。ヴェイユは三二年十一月にスヴァーリンと知り合い、三三年の九月号から同誌に寄稿していたが、その同じ号にはアンドレ・マルローの小説『人間の条件』に対するバタイユの書評が載っていた。この書評のなかでバタイユは革命についてこう述べている。

〈革命〉は、実際には(それが良く思われようが悪く思われようがたいしたことではない)単純な有用性、手段などではなくて、生、希望、場合によっては耐え難い死を可能にする無私無欲の興奮状態に結びついた価値なのだ。[16]

ことに無視してならないのは、『人間の条件』において革命の価値が非日常的な否定的様相を帯びているということであり、この価値が死の雰囲気のなかで生じているということである。〈革命〉の偉大さ、したがって価値は、マルクスのしばしば詩的な表現においてまで、革命の破局的な性格に結びつけられていたのだ。[17]

ヴェイユはこの書評に対する批判文を書き始めていた。完成はされなかったが、残されたその文面の末尾にはこうある。

　革命は生の障害となるすべてのことに対する闘争である。革命は手段としてしか意味がない。もしも追求されている目的が空しいものならば、手段もその価値を失う。一般的に言って、人間の生が価値を持たなくなると何ものも価値を持たなくなる。[18]

ヴェイユはまた、〈民主共産主義サークル〉にバタイユのような革命観の持ち主がいてそれが少なからず影響力を及ぼしていることを深く憂慮し、同サークルに宛て次のような文章を含む書簡を送ろうとしていた。「……彼〔＝バタイユ〕にとっては革命とは非合理的なものの勝利ですが、私にとっては合理的なものの勝利なのです。彼にとっては、ひとつの破局ですが、私にとっては、方法的行為であり、そこでは損害を食いとめるよう努力しなければならないのです。彼にとっては、本能の解放、とりわけ病理的と一般にみなされている本能の解放でありますが、私にとっては、高度の道徳性なのです。いったい共通のものがあるでしょうか。これらすべての点で、ボリスは私と同意見だということを知っています。ボリス以外の人もそうであってほしいと思っています。[19]」

こうした文章を書いてから数年後、ヴェイユがスペイン左翼革命勢力のなかに直接に見出したのは、バタイユ的な光景であった。非合理的なものの勝利、本能（フロイトが病者だけでなく正常人の自我の底にも発見した無意識的な破壊衝動）の解放、道徳性を完全に欠いた暴力行為、非生産的で無意味な破局の様相、目的と化した戦闘。スペインの内戦においてヴェイユは、平和時のフランスで考えていたのと正反対の事態に直面させられたのだ。

彼女の革命観は重大な変更を迫られる。帰仏後すぐに書かれた断章（「スペインでは何が起きているのか」の文で始まる）の一節を見ておこう。

革命が社会問題についてのより高度の、よりきびしい、より明晰な意識に自動的に対応するというのは、真実ではない。真実なのはその反対だ。少なくとも、革命が内戦の形をとるときには、内戦の嵐のなかでは、諸原則は現実に通じるあらゆる尺度を失い、それに応じて行為や制度を判断しうるあらゆる種類の基準は消滅し、かくて社会変革は偶然の手に委ねられる。[20]

四

偶然の手に委ねられ無秩序な様相を呈する内戦の嵐にヴェイユは陶酔していたわけではない。彼女は、エブロ河沿いの塹壕の底から恐怖を乗り越えて青空に魅入っていたのと同じようにして、戦場の「血と恐怖のにおい」に誘惑されていたのではない。むしろこれを嫌悪していたのだ。ドイツの作家エルネスト・ユンガーが第一次世界大戦の凄惨な光景を前に覚えた神秘的恍惚感[21]は、ヴェイユには無縁のものだった。

バタイユは戦争の神秘性に、その聖性に、魅せられていた。彼にとって戦場は、日常の理性的な生活世界が引き裂かれて、何もかもが曖昧に混じりあう非実体的な世界の深奥が垣間見えてくる特別な状況であった。その光景を前にすると個人も極度の不安から自我の体制を打ち破られ、正体不明の恍惚的な状態に置かれる。そのようなものとして、つまり事物であることをやめたものどうしとして、個人と世界は聖なるコミュニケーションに入る。バタイユはそう感じていた。純粋な聖性を求める彼の姿勢は、兵士として（すなわちその陣営の歯車として）戦争に参加することすら彼に拒ませた。バタイユは、極左の政治結社〈反撃〉が挫折に到り宗教的（ただし非キリスト教的）秘密結社〈アセファル〉を創設したときから、つまり一九三六年五月から、このような聖性の追求に乗り出している。それから数ヵ月後、ヴェイユも政治に直接的にかかわることをやめ、宗教の次元へ走って、聖なるコミュニケーション（ただし実体的な神との）を追求しはじめたのだ。

変わるヴェイユと変わらないヴェイユがいる。戦争という新たな人間の境遇に突入してヴェイユはそれまでの人間観を変えざるをえなくなった。信じるに値する絶対的な正義の可能性はもはや人間の地平にはない。あっても、パンにおけるパン種のように（ヴェイユがよく用いた比喩、パン種は酵母菌のこと）、極小のものだ。だから、絶対的な正義の可能性を、揺るぎのない普遍的な善の可能性を、人間界とは別の次元に探し求めねばならない。人間を越えて存する超越的な次元に、超自然的な神の次元に、探し求めねばならない。

絶対的な善を追求する理想主義的な姿勢を、その情熱を、ヴェイユはいささかも変えはしなかった。善の体現者として信じていた極左の活動家たちのなかにすら悪を見出して、人間一般の認識に重大な転換をはかったヴェイユは、そのあとも善への信仰を失いはせず、ドン・キホーテのごとく新たな善を求めて模索の旅に出たのである。(22)

一九三六年九月末、スペインから帰国して以降のヴェイユの精神の旅は、キリスト教と古代ギリシア哲学という西欧の一神教の二大源泉に向けられた。無意味に混迷し続ける人間界に意味を付与する。無意味なものの意味を神の地点から探し出す。俗なる人間界を一神教的聖性の観点から捉え直し、その収拾のつかない矛盾ぶりを、より高次の愛と正義に到るための前提条件と解釈する。このような気宇広大な試みに彼女は出発したのだ。

その最初の重要な一歩となったのが、一九三八年春のソレム修道院における見神体験だった。グレゴリオ聖歌の研究で有名なフランスのこの修道院に寄宿し聖務に服しているうちに、彼女は、それまで味わったことのない人と神の現実的な触れ合いを体験するに至る。ヴェイユにおけるこの聖なるコミュニケーションは、ペラン神父宛ての私信、彼女自身によって「精神的自叙伝」と題された一九四二年五月十五日付けの書簡に語られている。重要な箇所を引用しておこう。

一九三八年、枝の日曜日から復活祭の火曜日に至る十日間をソレムで過ごし、すべての聖務に参列いたしました。私はひどい頭痛に苦しんでおりました。物音がいたしますたびごとに打たれるような痛みをおぼえました。しかし非常な努力をはらって注意を集中した結果、私はこの悲惨な肉体の外に逃れ出ることができ、肉体だけはその片隅に押しつぶされて勝手に苦しみ、歌と言葉の未曾有の美しさの中に、純粋でしかも完全なよろこびを見出すことができたのでした。この経験から類推いたしますと、不幸を通して神の愛を愛することが可能であるということが、一層よく理解できました。この地でいろいろな聖務を経過するうちに、キリストの受難という思想が私の中に決定的にはいってきましたことは、申しあげるまでもございません。

（……）私はこの詩［＝キリストの愛を歌ったジョージ・ハーバートの形而上的な詩「愛」］をそらんじて記憶いたしました。しばしば、頭痛のはげしい発作の絶頂で、私は全注意力を集中して、その詩が持つやさしさに私のすべてのたましいをゆだねつつ吟唱することを努めてみました。私はこの詩を一篇の美しい詩としてのみ吟唱しているのだと思っていましたが、私の知らない間に、この吟唱は祈りの効能を持つようになっておりました。すでにあなたさまに書きましたように、キリスト自身が下ってきて、私をとらえたもうたのは、このような吟唱をしていたときのことでありました。

（……）私に対するキリストの突然の支配には、感覚も想像もなんら関係を持ちませんでした。ただ私は、愛されている者の微笑の中によみとれる愛とよく似た愛の存在を、苦しみを通して感じ取っただけでございます。[23]

ここでまず重要なのは、「不幸を通して」「苦しみを通して」神の愛に到るというヴェイユの神秘的体験の行程なのだが、それ以前に私が注目したいのは、おぼろげながらも見えてくるデカルトの影なのだ。デカルトはもちろんヴェイユのような啓示の体験を語ってはいない。啓示神学を斥けて、自然神学に、理知的な神の存在証明に徹するというのが『方法序説』や『省察』におけるデカルトの基本姿勢だろう。だがヴェイユの啓示体験のなかには、これらデカルトの二著作に示されている根本命題が透けて見えている。「肉体の外に逃れ出る」という彼女の言葉は、キリスト教の霊魂と肉体の二元論ともちろん関わっているが、より直接的には「我考える、故に我存在する」というデカルトの根本原理にある精神［＝考える我］と身体［＝存在する我］の二元論に関係している。デカルトはこの根本原理に到達するためにあらゆる既成観念を疑った。特に疑ったのは、感覚によって得られる観念と想像力によって得られる観念だ。いずれもあやふやで可変的であるため斥けられている。ヴェイユが、「私に対するキリストの突然の支配には、感覚も想像もなんら関係を持ちませんでした」と言うとき、彼女は、感覚と想像力の介入を否定したデカルトの懐疑の精神を受け継いでいる。

要するにヴェイユの神秘的体験は「考える我」の体験なのだ。神を待ちのぞむ彼女がことのほか重要視する「注意力」も、「考える我」の思考の働きを純化し研ぎ澄ます作用にほかならない。先入観念や偏見を払拭し、感覚と想像力という身体の側からの要請を振り払って、思考を純粋状態で発動させる。それが彼女の「注意力」の作用であり、この作用に訴えて「考える我」を「存在する我」から、思考を肉体から離脱させるというのが彼女の神秘的体験の基本構図である。先に引用した書簡のなかにはこれを裏付ける次のような言葉がある。「それ以後、毎朝一度は細心の注意をこめて〝主の祈り〟を吟唱することを、唯一の勤めとして私自身に課したのです。（……）時には、冒頭の数語を吟唱しただけで、すでに私の思考は私の肉体からもぎ取られ、見通しも眺望もきかない空間の外側のある場所に運び去られることがありました。すると空間がひらけてくるのです。ありふれた知覚空間の広大無辺さが、二乗倍の、時には三乗倍の広大無辺さと交替するのです。(24)」

五

「考える我」は、ヴェイユの生涯を貫く不変の基底である。何度か危機にさらされるが、「考える我」の存在自体を疑うことはヴェイユは一度もしなかった。自我の牙城を突き崩すという方向へ、西欧近代を支えてきたこの基盤を根源的に相対化するという方向へ、彼女は一度も踏み出そうとしなかった。

では何故、彼女はそれほどまでに「考える我」を信仰し続けたのだろうか。「考える我」に彼女が執着し続けた理由はどこにあるのだろうか。

それは、彼女が自分の生の無意味さにつねにさらされていたということと関係がある。この世に自分が生きていることの意味はいったいどこにあるのかという切羽詰まった問いに彼女は絶えず襲われていた。そして、自分の存在が無意味であることに耐えられず、彼女は何とか自分の存在に意味を与えようと考えていた。「考える我」は彼女に生きることの意味を教示してくれる唯一の、そして最後の拠点であったのだ。

労苦故に思考が麻痺しそうになった未熟練女工としての工場体験（一九三四-三五年）は、彼女の

「考える我」の重大な危機の時であった。スペイン内戦で遭遇した同志たちの残虐非道の振舞いは、彼女の「考える我」を絶望的に孤立させた。だが、彼女の「考える我」の最大の受難は、それへの信仰の発端となった十四歳の時の苦悶だろう。

自殺を思いながらのこの苦闘は、パスカル以来の天才と謳われた実兄アンドレとの精神的葛藤に根ざしている。天才の能力と比較して自分の凡庸さをなじるというのはあまりに視野の狭い態度だが、それはともかく、先のペラン神父宛ての書簡によれば、彼女は「本当に偉大な人間だけがはいることのできる、真理の住む超越的なこの王国に接近することがどうしてもできないということを口惜しく思」い、「真理のない人生を生きるよりは死ぬ方がよいと思って(25)」いたのである。

こうした悩みはまさに「考える我」のそれだと言ってよい。真理と非真理、到達できるか否か、生か死か、この曖昧さのない二分法的な捉え方は「考える我」のよくする理性的識別だ。生の意味を見失ったヴェイユは、しかし、苦しんだ末にこれを見出すことに成功する。「数ヵ月にわたる地獄のような心の苦しみを経たあとで、突然、しかも永遠に、いかなる人間であれ、たとえその天賦の才能がほとんど無に等しい者であっても、もしその人間が真理を欲し、真理に到達すべく絶えず注意をこめて努力するならば、天才にだけ予約されているあの真理の王国にはいれるのだという確信を抱いたのです(26)。」

ヴェイユのこの解決において、真理と非真理の二分法的な設定はそのままである。新しいところは、凡人でも真理の王国に入れる可能性があると思えるようになったことだ。ただしこの可能性には「絶えず注意をこめて努力するならば」という条件が付けられている。ということは、少しでも努力を怠れば、真理の王国に入れなくなる、生きていることの意味を失ってしまう、ということである。以後三十四歳でこの世を去るまで、ヴェイユはつねに自分の生の無意味さと背中合わせになって生きてゆかねばならなくなった。自分の存在の無意味さをいつも背後に感じながら、それを少しでも上回るべく真理の方に目を向けて生きてゆかねばならなくなった。(27)

その真理の王国は、スペイン戦争を境に、人間の次元から神の次元へありかを移す。そう移すようにヴェイユの「考える我」が教示したのだ。今や、絶対的な善、絶対的な正義、絶対的な愛は神に所属する。人間のなかで神に通じる部分は極めて小さい。だがその極小の善、正義、愛の可能性に注目し、これを少しでも現実化してゆかなければ、生の意味は見出せないのだ。神へ開けてゆくことができてはじめて、神との間に聖なるコミュニケーションを実現することができてはじめて、ヴェイユは自分の存在の意味を手に入れる。神を真理として信仰し始めたヴェイユは、このような不可能に近いコミュニケーションの可能性に向けて進み出したのである。

その彼女にとって、一九三九年九月に勃発した第二次世界大戦は、もはや聖戦であった。論文「人格と聖なるもの」(一九四三年)の彼女によれば、聖なるものは、人間のなかの非人称的なもの、個人のなかにある神の部分、あの極小の善、正義、愛のことだ。そして「集団に聖なる性格をあたえるという錯誤が偶像崇拝なのである。偶像崇拝は、いかなる時代、いかなる国においても、もっとも広くゆきわたっている罪である。(28)」いうまでもなく、ゲルマン民族の国家として自国を神聖視したナチス・ドイツは、偶像崇拝のきわめて罪深い例である。

ヴェイユは第二次世界大戦にも参加しようとした。これはしかし、スペイン内戦のときとは違い、看護婦としてであった。彼女はもう銃を持って戦うことに善が感じられなくなっている。砲弾が雨《あめ》霰《あられ》と降り注ぐ戦場に女たちだけの編隊を組んで看護に臨むという彼女の「第一線看護婦部隊編成計画」は、ロンドンの臨時フランス政府に提出され、ド・ゴール将軍に「狂気の沙汰」と一蹴されたが、しかし彼女としてはこれは真剣な「愛の狂気」の行為であったのであり、その効果は決定的なものになるはずだったのである。疑似的な聖性を支えるドイツ軍兵士たちに真の聖性をつきつければ彼らも深く心を動かされるだろうし、戦争に参加している国々もこの対比の重要性に気づくにちがいない。ヴェイユはそう確信していた。

それにしても、この計画書を読むと、彼女がいかに自分の身体の危険を顧みていないかが分かる。まるで死のうと欲しているかのように、彼女は自分の人称的存在を、「存在する我」を、弾丸の飛びかうなかへ投げ出そうとしている。だが彼女は無益に死ぬことは望んでいなかった。彼女は、死に対しても、意味を、真理への開けという意味を求めていた。一九四三年八月イギリスのサナトリウムに収容された彼女は、占領下のフランスの配給食分だけをとることを善と信じ、さらにはその食料すらもフランス人の戦争捕虜に送ることを望み、それがため病いに勝てる栄養が取れず死んだのだが、まさにこれは、意味への殉教と言っていい死に方だろう。善と愛に特徴づけられた意味ある死を彼女は願い、これを完遂したのだ。

六

バタイユは、ヴェイユにおけるこのような死の気配を一九三〇年代から敏感に感じ取っていた。

彼女における死の影、自己抹殺への願望をバタイユは一九四九年発表のヴェイユ論「呪詛する道徳の軍事的勝利と破綻」のなかでこう回想している。「彼女は、きわめておだやかな、そしてきわめて淡泊な権威をそなえて、ひとの心を魅了した。彼女は、たしかに、感嘆すべき、性別を感じさせない、不吉ななにかをただよわせている存在だった。いつも黒なのだ。服も黒、髪も漆黒、顔の色も黒ずんだ褐色。(……)シモーヌ・ペトルマンは、アラン――彼女たちの共通の先生――と、その教えとに対する賛美の念において、彼女と意気投合したのだった。しかし、倫理的にも知的にも、彼女はアランよりもシモーヌ・ヴェイユをより賛美していた――そしておそらくそれは正しかった――とわたしは思う。その友だちの〃不吉な〃面も、並はずれた空無《イナニテ》感も、彼女は目にとめなかった。わたしはなにも、けなそうとしてこう言うわけではないが、彼女のなかには驚嘆すべき空無《イナニテ》への意志があったのである。それがおそらく、彼女の諸作品をかくも印象ぶかいものとしている天才的な苛烈さの原動力であるのだろう――そして、彼女自身が、過激な形で、みずからに課した死の説明であるだろう(彼女は肺を冒されたが、ロンドンで、フランス国内の配給量しか口にしようとしなかった)[29]。」

私の知る限り、バタイユは、〃空無《イナニテ》〃(inanité)という言葉を肯定的に用いて、自分の生き方や神秘的体験を表現したことはない。あれほどに〃無意味さ〃(non-sens)、〃空虚さ〃(le vide)、〃無〃(rien)に憑かれていた彼が、である。自分が体験していた無意味さとは違ったものをヴェイユは欲していた[30]。バタイユはそう理解しているように見える。

たしかに小説『空の青』のなかで主人公トロップマン(バタイユ自身から着想された人物)はラザ

ール(ヴェイユから着想された人物)の漂わす不吉な気配に強く牽引されているし、ラザールが同志の一人を挑発して自分を本気で銃殺させようとした挿話[31]にも魅せられている。

だが、この小説のなかでたった一度だけ語られる空の青の体験において、トロップマンはラザールの死の影を乗り越えて、「すべてを覆す」哄笑に身を震わすのだ[32]。

この笑いが鍵を握っている。この笑いにおいてバタイユは、ヴェイユの空無感とは別の境地に達していたように私には思える。先走って言ってしまえば、「考える我」に執着する限り死体のように空無にしか見えないものが、笑いによって「考える我」が滅ぼされると、別のものに成り変わるということである。たしかにそれは無意味な何ものかなのだが、しかし生き生きとした生命を湛えている、それも恐ろしいほどに、異常なほどに湛えている何ものかなのである。

ヴェイユ自身、少なくとも一度これを体験したことがある。エブロ河沿いの塹壕の底から彼女が恐怖感を乗り越えて見入ったスペインの真夏の青空。「ひどく美しい日」と彼女が書き記し、ペトルマンに「自分には異様に美しく映った」と語り伝えたあの特別な気配。これこそ、空無感の帳《とばり》の彼方に見えるこの世の喜々とした、しかし無意味な相なのだ。バタイユはこの生命の相に憑かれ、それをそのままに、つまり意味付与などせずに肯定した。意味付けしようものならばたちまちそれは空無感の帳の此岸へ舞い戻ってきてしまうからである。どれほど美しくとも、どれほど恐ろしくとも、根源的な生命感を喪失してしまうのだ。死を自らに招くほどの生命の喜々とした荒ぶりが、「考える我」の二分法的識別を混乱させる極限的な曖昧さが、見えなくなってしまうのだ。バタイユは、〝聖なるもの〟、〝非-知の夜〟、〝至高性〟、〝不可能なもの〟という言葉を使って生命のこの極限的な相を表現したが、彼はどの言葉も信じてはいなかった。異議申し立てされるべきものとして用いていただけである。

七

笑いは、エロチシズムと並んで、バタイユをカトリック信仰から脱け出させた重要な情動の体験である。本論考の初めの方で引用した夜のパリのフール通りでの哄笑を想起してほしい。あのような激しい笑いに見舞われて、彼のなかの神は死に、それに代わって神が半ば包み隠していた聖なるものが、恐怖と喜悦の入り混じった曖昧な感情として立ち現われ、彼をその虜にしたのである。いや正確には、彼自身をも崩壊させたのだ。笑いはまさにすべてを覆したのである。(33)

もともと彼は、自分の精神が崩壊の危機に瀕していたためにカトリックに帰依したのであった。(34)自我を救うために彼は神にすがったのだ。ということは、見方を変えれば、自我を、滅んではならないものとして信仰していたから、神を信仰するようになったということである。それ故、神の死を受け入れるということは、別な神を信じない限り、自我を崩壊させてもかまわないということに通じる。実際、棄教後のバタイユは精神に激しい混乱をきたし精神分析医の治療を受けるまでになっている。文章を書く(『眼球譚』を創作する)という療法が効を奏して彼はいったんは精神の安寧を得るが、それも長くは続かなかった。その後の彼は正常と異常の間のさまよいを諾《うべな》い、そのまま死のときまで精神の境界線上を揺れ動き続けた。

棄教直後の一九二二年頃にバタイユはニーチェの作品を熱心に読んだが、その当時の彼のテーマは〃笑う〃ことと〃考える〃ことのつながりを立証することにあった。「笑うことと考えることは当初私には相補的な関係にあるように思えた。笑いのない思考は私には損傷を負っているように見えたし、思考のない笑いはあの下らなさに、笑いとはそういうものだと一般に認められているあの下らなさに堕してしまっていた。」そしてニーチェに関しては、「ニーチェはたしかに笑いの体験について十分な論述は残さなかったが、この体験を位置づけた最初の人であった。[35]」

実際、ニーチェの『悦ばしき知』(一八八二)のなかには認識と笑いに関する次のような興味深い断章がある。

認識するとは何か?――認識とは「笑わず、嘆かず、罵《ののし》らずに、理解することだ」(Non ridere, non lugere, neque detestari, sed intelligere!)と、スピノザは、彼らしく、簡素で高尚にいう。しかし、この「理解する《インテリグレ》」とは、究極において、まさにあの三つのものがいちどきにわれわれに感じられるようになる形式、それ以外の何物であろうか? 嘲笑し、嘆き、罵ろうとするさまざまな、相互に矛盾撞着する諸衝動から生ずる一つの結果ではないのか? 一つの認識が可能になる前に、これらの衝動のおのおのはまずその事物もしくは出来事に対する一面的な見解を提出していなければならない。そのあとでこれらの一面的なものの相互の闘いが生じ、そこから時として一つの中間、一つの鎮静、三方面への一種の容認、一種の公正と契約が生じる。なぜなら、公正と契約によって、これらすべての衝動は存在を主張し、相互に権利を保持しうるからである。われわれとしては、この長い過程の最後の和解的情景と総決算だけがたんに意識にのぼるので、そのため理解することは何か和解的な、正しい、善きものであり、本質的に衝動に対立するものであると考えてしまう。ところがそれはたんに衝動相互のある種の関係なのだ。非常に長い時代にわたって、われわれは意識的思考を思考そのものと見なしてきた。現在ようやく、われわれの精神的活動の大部分がわれわれにとって無意識のなかで行なわれていくという真実が明らかになりつつある。(36)

意識的な思考の底に無意識の衝動の群れを想定する見方はフロイトを先取りしているが、『善悪の彼岸』(一八八六)ではさらにニーチェは、フロイトの『自我とエス』(一九二三)に先んじて、デカルトの磐石の基盤たる「我考える」を叩き割って「それ《エス》が考える」とし、「それ」を様々な権力感情の合成と捉えた。

笑う、嘆く、罵《ののし》るのほかにも人間には非理性的、理性的様々な衝動がある。ニーチェはどの衝動もそれぞれに支配欲、つまり権力への意志を持っていると観察した。そして理性的な衝動は弱い強度の衝動(しかしそれなりに権力への意志は備えている――ただしニーチェはしばしばこの弱き意志による権力奪取の仕方に陰険さ、卑劣さを見ていた)だと考えた。理知的に考えたいという衝動が他の衝動を抑えて支配を達成したとき、思考は成り立つ。しかしこの思考は、あくまで他の衝動との合力として、それらとの関係性のなかにある。つまり、他の衝動の変幻自在する強度とのかかわりのなかにあるのだ。したがってこの思考の様態は確固不易のものではなく、不安定で、別の瞬間には違ったものになってしまうのだ。いやさらに、他の衝動にその見かけだけの調和を打ち破られて、支配権を握られてしまうかもしれないのである。

『善悪の彼岸』、『道徳の系譜学』（一八八七）の頃のニーチェは、古代ギリシア・ローマの貴族たちやルネサンス期の専制政治家などを連想しながら主人道徳を考え、強い強度の衝動を支持していた。そしてキリスト教や西欧近代の民主制を支える弱き衝動の奴隷道徳を批判していた。同じ頃に準備されていた『権力への意志』なる書物においては、奴隷道徳の支配を覆して主人道徳を再興するという意味を多分に持つ「西欧の価値観の転換」が試みられていた。しかし、ニーチェの精神生活の末期にあたる一八八八年の秋になると、『権力への意志』の創作は断念され、主人道徳への彼の執着も緩《ゆる》くなってくる。代わって浮上してきたのが遊びの概念であり、『この人を見よ』ではこの概念が高らかに謳われている。「私は偉大な任務と取り組むのに、遊戯とは別の遣り方を知らない。遊戯こそは偉大さを示すしるしであり、その本質的な前提の一つである。ほんの僅かでも自分に無理強いをしたり、陰気な顔つきをしたり、喉が閊《つか》えて何か嗄れ声になったりすることは、いずれもみなその人が偉大でないことの証拠である。さらにまた何倍も、その人の作品が偉大でないことの証拠なのである！」[37]

バタイユは、最初のニーチェ耽読からおよそ二十年後に『無神学大全』（『内的体験』、『有罪者』、『ニーチェについて』）を執筆し、発表するが、そのなかで彼はこの最後のニーチェを重視し、遊びの思想を継承しようとした。同時代の大多数の人が、ニーチェの妹とナチスの御用学者たちの解釈の影響を受けて、ニーチェを権力への意志の哲学者、主人道徳の思想家とみなしていたのに対し、バタイユは、ニーチェを哲学者とすら認めようとせず、遊びについて語り、これを不確かながらも

（つまりバタイユのごとく意識的にならずに）生きた人として紹介した。

遊戯とは、一つの有益な目的の達成のために、つまり行動《アクション》のために内的な諸衝動を無理強いしたり抑圧したりしないということ、諸衝動の動きをそのままに肯定するということである。言い換えれば、「考える我」の専制的体制が持続しえず、カントやヘーゲルのように論証的な哲学作品が書けないということである。が、それと引きかえに、生の全体が、生の真の均衡が生きられるということだ。バタイユは、ニーチェの衝動の概念から支配欲という要素を取り払いながら（あるいはこの要素を批判しながら）、ニーチェを遊びの体現者として世に呈示した。(38)『権力への意志』（フランスでは一九三〇年代に遺稿作品として翻訳が出版されている）のなかにさえ遊びの思想があることを強調したのだ。「実際、『権力への意志』所収の覚え書の中では、行動のプラン立て、目的や政策を練り上げる試みは、ただ迷宮に達するばかりである。最後の完成作品『この人を見よ』は、目的の不在を、あらゆる企図に対する著者の不従属を、明言している。行動の見地から眺めると、ニーチェの作品は、破綻――それも最も弁護しがたい部類に入る――なのであり、彼の生は、挫折のそれでしかない。(39)」

むろん、バタイユ自身も自分の欲望《デジール》や力《フォルス》の概念から支配欲というモメントを除去している（彼にとって支配欲は理性の働きと結びつきそれにイニシアチヴをとられた非理性的な欲望のことだ）。代わって彼が、ニーチェ以上に強調したのは、否定する（あるいは破壊する、侵犯する）という要素とコミュニケーションという要素である。笑い、嗚咽、怒り等の非理性的衝動、さらには芸術創作への衝動、祝祭への衝動は、「考える我」の専制に亀裂を穿ち、「考える我」のなしえなかった世界の深奥とのコミュニケーションを実現するのである。[40] バタイユはこれらの衝動のなかでもとくに笑いの否定力に注目していた。〃大いなる〃、〃無限の〃といった言葉で彼が形容する笑いは、限界体験と結びつかない通常の取るに足らない笑いとは異なり、「考える我」の支配を覆えして、西欧近代の世界観の彼方へ意識をつれてゆく。それは思考と結びついた笑いだ。ただしこの場合の思考とは、世界を根源的に理解するということ、つまりすべてが曖昧に連続し激しく流動している世界の深奥とコミュニケートするということである。

八

先のニーチェの『悦ばしき知』の断章にあったスピノザの言葉は、実は、ヴェイユの最重要政治論文「自由と社会的抑圧の諸原因に関する省察」(一九三四年の執筆、死後出版)の題辞《エピグラフ》にも引用されている。「人間の事柄については、笑わず、嘆かず、憤《いきどお》らずに、理解することだ。[41]」という句をヴェイユはもちろんニーチェと違って、肯定的に受け止めている。デカルト哲学を継承するこのオランダの哲学者の文章の下には、題辞としてさらに古代ローマのストア派哲学者マルクス＝アウレリウスの文章「理性を授けられた存在は、いかなる障害をも自分の労働の材料となし、益を引き出すことができる。[42]」が引用されている。ともにこの論文におけるヴェイユの態度を、いや彼女の生涯を貫く不変の態度をよく代弁している。

この論文が構想され執筆されていた頃のフランス、つまり一九三三年から三四年にかけてのフランスでは左翼政治活動は沈滞の極に達していた。小説『空の青』(年代設定は一九三四年)のなかでもラザールは義父のムルーと左翼知識人の政治的敗北について鬱々と議論をかわしている。隣国ドイツではヒトラーが政権を握り、西欧最大の独共産党およびその他の革命勢力を壊滅状態へ追い込んでいた。ヴェイユは、スピノザの題辞のように、そのような困難な状況を情緒的にならずに冷静に理解しようとし、またマルクス＝アウレリウスの題辞のように、そこから有益な展望を引き出そうとした。

この論文の前半はマルクス主義批判である。彼女の批判精神はスターリン、レーニンに留まらずマルクスその人まで射程に収めている。彼女の鋭い考察を逐一追う余裕は今はないが、その批判の要点はマルクスの生産力信仰の欺瞞を突くことにあった。マルクスは生産力の無限の発展を信じ、この発展がブルジョワ革命を、次いでプロレタリアート革命をもたらすと考えた。マルクスは抑圧の構造が資本家と労働者の関係のなかだけでなく、専門家と非専門家の関係のなかにも存在することを知ってはいたが、しかしこの二つの関係はプロレタリアート革命によってともに解消されると楽観視していた。生産力の向上を盲目的に信じてしまったためにマルクスは、生産力の向上が専門家と非専門家の間の抑圧関係をいっそう増長させ多数化させるという現実が見えなくなっていたのだ。生産力の向上は技術の革新に基づく。だが新たな技術が生み出され生産体系が拡大すればするほど、その技術をマスターした高度な専門家は重要視され数も求められる。非専門家、すなわち一般労働者も数こそ増えるがそれぞれの技術分野でいつまでも低い立場に甘んじていなければならない。ヴェイユは、マルクスの看過したこの抑圧の関係を克服しなければ左翼勢力の再興はないと考えた。

論文の後半ではヴェイユ自身のテーゼが打ち出されるが、まず彼女が理想とする自由な人間（つまり抑圧を受けていない人間）を見てみるとこう説明されている。「真の自由とは欲望と充足の関係によってではなく、思考と行動《アクション》の関係によって定義される。すなわちすべての行動が自分の設定した目的とその目的を達成するのに適した手段とに関する事前の判断に基づいている人、この人は完全に自由である。[43]」「人間とは、神学者たちの神のように自分の存在の直接的な作者であることが許されていない有限な存在であるが、しかしもしも人間の存在を可能ならしめている物質的条件が、筋肉の働きを指図する思考の作品となるならば、人間は神の能力《ピュイサンス》の人間的等価物を所有することになるだろう。これが本当の自由である。[44]」

ヴェイユは人間の合理的思考がその人間に自由をもたらすと信じている。「考える我」が設定する目的に向かって行動することが自由な生き方だと彼女は考えている。逆に「存在する我」の欲望に、身体の力《フォルス》に従って生きると人間は不自由な惰性的存在に転落する。「あらゆる力《フォルス》は自然のなかに起源を持つ[45]」が、力《フォルス》はそれに従った人間を奴隷状態に置き、一個の物に変える。[46] 未開社会の人々は大自然の力に負けて暮らしている。近代社会の人々も抑圧という元をただせば自然の力に屈服して生活している。ヴェイユがこの論文で呈示するユートピアは、未開社会にも近代社会にも属さない、つまり大自然の力と抑圧という間接的な自然力の支配をともに斥ける小規模な労働集団だ。肉体労働を最高の価値とする理性的で友愛に満ちた協業の集団だ。

ヴェイユの主張は、マルクスだけでなく西欧の近代文明全体への批判になっているが、しかしいくつかの本質的な点において西欧近代人の考えと重なっている。人間が神の権能を所有しうるという神格化した人間主義的発想はその代表的な点である。合理的な思考と行動が自由をもたらすという発想も近代的だ。自然の力への呪詛も同様である。

だが、スペイン内戦で人間の否定面をじかに体験したヴェイユは、以後、このような近代的な発想から離脱してゆく。人間が神になりうる可能性がいかに微少であるか彼女は論文に、カイエ〔＝ノート〕に、書き綴ってゆく。一九三六年秋以降の彼女の描く人間の地平は、ほとんど無神論的であり、非人間主義的である。そこは、偶然、矛盾、対立、無秩序が人間の理性的能力を越えて荒ぶる不可能な世界である。力《フォルス》が際限なく逆巻くバタイユ的な世界なのだ。が、ヴェイユは、けっして力《フォルス》を賛美しないし、神を人間界と自然界の彼方に設定してもいる。

一九三四年の大論文でもホメロスの叙事詩『イリアス』が力《フォルス》の例証として引用されていたが、ヴェイユは、一九四〇年に再度この作品を取り上げ「『イリアス』または力《フォルス》の詩篇」という好論文を発表している。執筆時が第二次世界大戦の只中ということもあって、力《フォルス》の荒ぶりは三四年の論文以上に強調され重要視されている。今や彼女にとって、戦争の残忍さと英雄の悲劇的生涯を謳ったこの叙事詩の力《フォルス》の世界は、そのまま人間の現実界の全体になっている。だが力《フォルス》（相変わらず人間を物にする働きとみなされている）はそのままに肯定されはしない。彼女は、『イリアス』を生み出した古代ギリシアの宗教観を新約聖書の宗教観に巧みに結びつけて、力《フォルス》による不幸を神の愛と正義に到るための前提条件とみなす。ソレムの修道院で彼女が「不幸を通して」「苦しみを通して」神の愛に到ったのと同じ構図がそこにはある。彼女のなかの「考える我」が無意味な力に意味を与えようとするのだ。力のもたらす無意味な不幸に、高次の精神へ達する前段階という意味を与えようとするのだ。西欧の近代を支えてきたものがここで最後の仕事をしているのである。

九

『ニーチェについて』の序文のなかでバタイユは無意味（non-sens）という言葉の二通りの用法を紹介している。一つは西欧近代人の用法だ。「無意味という表現は、通常は、単純な否定表現であり、排除すべき対象について用いられる。意味の欠如したものを拒否する意思とは、じつは、全体的であることへの拒否にほかならないのだ。まさにこうした拒否故に、われわれは、われわれにおける存在の総体性について意識を持てずにいる。[47]」

もう一つの無意味は西欧の近代を越えたところにある。「だがもしも私が意味から自由になった対象を追い求めるという正反対の意思から無意味という表現を語るのならば、私は、何ものも否定していない。私は、肯定を表明しているのである。そしてこの肯定を通して、ついには生の全容が意識の中で明るく照らし出されるのである。[48]」

前者の西欧近代人の用法は、行動《アクション》の倫理に支えられている。すなわち、人間にとって意味あるもの、人間の生活にとって有益であるものを作り出すという行動を第一に重視するために、無意味なもの、無益なものは排除されてしまうのだ。これは言い換えれば、無意味さ、無益さを呪詛し抑圧する労働の道徳観である。ヴェイユは、一九三四年の大論文のなかで、マルクスが看過した西欧近代文明の抑圧の構造をみごとに摘出していた。バタイユはさらにその奥へ行く。真の抑圧は、専門家と非専門家の上下構造の彼方にある。つまり、知的労働と肉体労働の区別にかかわらず、労働を第一に重視している限り、その人間は、自分の無意味さを（他人の無意味さをも）抑圧しているのだ。無意味さという生の本来的な在りようを否定し、同時に生の本来性を労働にだけ限定するのである。

このように労働に限定された人間をバタイユは物とみなす。有益な目的に隷従している存在こそ物だと彼は考える。ヘーゲルは、承認された労働によって作品を作り上げた人間を完結した人間として称えたが、バタイユからすればそのような完結した人間こそ生の無意味さに開かれていない空無な物ということになる。

バタイユはしかし労働を否定しているのではない。彼が考えるもう一つの無意味は生の全容への肯定であり、そのなかには労働も含まれる。バタイユは、労働の専制と完結した人間への信仰を打破しようとしただけだ。ヘーゲルを乗り越える意味で打ち出した〝使いみちのない否定性〟、そして〝非-知〟という概念も、排除や呪詛のためにあるのではなく、大いなる肯定へ至る所作を語ったものと解すべきだろう。

ニーチェは、一個の人間のなかに複数の衝動の群れを見出し、「多数の霊魂の共同体(49)」を発見した。バタイユはこれを、上下の支配関係ぬきに、自分の身において生きようとする。「結局、全体的人間とは、その内で超越性が消滅する人、もはや何ものも分離していない人のことにほかならない。何ものも分離していない、つまり、いくぶんかおどけ者で、いくぶんか神で、いくぶんか狂人で……これが、透明性なのだ(50)。」「私は、自分の意識の中で自分の総体性を実現させようとすると、すべての人間が作り出している、巨大で、滑稽な、そして苦しげな混乱にかかわらねばならなくなってくる。この混乱の動きは、ありとあらゆる方向に向かって進んでいる。（……）もしも私が、一瞬、行動の、与えられた方向を忘却するならば、私はむしろ、シェークスピア風悲喜劇的総和を見ることになる。[51]」

　バタイユがヴェイユ論の標題で用いている「呪詛する道徳」とは、直接的には、ファシズムを非道徳とみなし呪詛して軍事的勝利を収めた民主主義諸国の道徳観のことを指す。バタイユは、ファシズムが西欧の他者でないことを一九三〇年代の『社会批評』の時代から執拗に説いていた。ナチス・ドイツは西欧伝来の軍事権力、宗教権力、王権を一つに結集させた強力な「呪詛する道徳」の国家なのだ。すでに見たように、ヴェイユは一九三六年九月を境に西欧近代の「呪詛する道徳」から離脱する方向へ向かっていた。バタイユもヴェイユ論の最後で彼女のこの方向性を示唆している。だが、力《フォルス》と思考の二分法的識別に立ち「考える我」にすがって無意味さに意味を与えようとする彼女、「不幸を通じて」神の愛に到ろうとする彼女は依然西欧の方へ顔を向けている。理性的存在は「いかなる障害をも自分の労働の材料となし、益を引き出すことができる」というマルクス－アウレリウスの言葉は、死の恐ろしさを直視しつつもその体験を精神の完成のために生産的に取り込んでゆくヘーゲル弁証法の運動と通底して、完結性を強く志向する西欧人の根本姿勢をよく表現しているが、ヴェイユの顔はいまだそちらの方を向き、これを肯定している。

　二分法的な捉え方はバタイユにもある。ヴェイユ以上にうんざりするほどにある。禁止と侵犯、連続性と不連続性、聖と俗、善と悪、遊びと真面目さ、等々。だがバタイユは、これらの対立項が自らの孤立を否定して互いに結びつき交わる特別な境地へ達する。「考える我」には不可能に見えるコミュニケーションを実現してゆくのだ。
バタイユは、神と人間を完結性に到る運動体として同一視したヘーゲルの神人同形同性論を引き裂いて、次のような立場に立っていた。

私の構想は引き裂かれた神人同形同性論だ。私は、在るものを、隷従の麻痺した存在へと還元しようとは思わない。そうではなくて、私というこの野蛮な不可能性へ、限界を避けることはできないが、また限界に甘んずることもできない、この不可能性へといざなってゆきたいのである。(52)

生あるものたちは、限界を脱しようとする不可能な運動において互いに戯れ交わりあっている。バタイユは、そのようなコミュニケーションを世界そのものの聖性とみなし、そこに参入できる偶然の好機を神の恩寵とはせずこの世の好運そのものと捉えた。「呪詛する道徳」どうしが戦っていた第二次世界大戦の只中でバタイユはそのような好運に賭けていた。すると、生あるものたちは、ときに異様な美しさをもって彼を包み込んだ。ヴェイユも一度は振り向いて見たはずの光景をバタイユは何度も体験し、それらを『無神学大全』のなかに書き記している。最後に引用する『ニーチェについて』の次の断章は、彼の聖なるコミュニケーションの最も美しい表現だと思う。一九四四年五月、やがて妻となるKという女性と夜のフォンテーヌブローの森を逍遥したときのことである。

私たち（Kと私）は昨晩ワインを二瓶飲みほした。月明りと嵐の夢幻境のような宵だった。夜の森のなか、木々の間から月光の差しこむ空地の道を行く。その道は、傾斜地にさしかかると、小さな青白い点が幾つも光っていた（虫が食ってぼろぼろになった枝々の断片に蛍が住みついて、マッチのような微光を放っているのだった）。これ以上に純粋な、これ以上に野生的な、これ以上に暗い幸福をかつて経験したことはなかった。きわめて遠くへ進み入った感じ、不可能なもののなかへ進み入った感じだった。夢幻のような不可能なもの。あたかも私たちは、この夜のなかをさまよっているかのようであった。

帰りはひとりで岩場の頂きに登った。

事物の世界に必然性はないという考え、恍惚とこの世界とが一致しているという考え（恍惚と神との一致でも、事物と数学的必然性の一致でもない）がはじめて私におとずれた――そして私を大地から持ち上げた。

岩場の高みで私は、激しい風に吹かれるまま衣服を脱いだ（暑い日だった――私はシャツとズボンしか着ていなかった）。風が雲を切れ切れにし、雲は月下で解体した。月光に照らされた広大な森。私は期待して……の方角を振り向いた……（裸でいることには何の興味もない――私は再び服をまとった）。存在たち（私が愛する存在、私自身）は、ゆっくりと死のなかへ消えてゆくという点で、風が解体する雲に似ている。けっして二度とない［＝jamais《ジャメ》 plus《プリュ》］……。私は愛した［＝j'aimai《ジェメ》］、Kの表情を。風が解体する雲のように、私は、叫びもあげず、恍惚のなかへ、宙づり状態に入ったためいっそう透明になった恍惚のなかへ、入っていた。(53)

根源からの思索
ブランショのヴェイユ論

一

一九三五年から四〇年にかけて、ヨーロッパの政治情勢はめまぐるしく変化した。政治の信念、政治の言葉がこれほど簡単に、そして次々と、裏切られていった時代は他にないだろう。例えば一九三五年四月、ドイツの再軍備に抗議して英仏伊はストレーザ宣言を発するが、その二ヵ月後にはもう英独海軍協定が結ばれている。イタリアもエチオピア侵略（同年十月）を機にドイツ寄りになっていった。三六年七月、フランコらの右翼ファシズム勢力の反乱が起きるとスペイン人民戦線内閣（三六年二月成立）は兄弟のフランス人民戦線内閣（三六年五月成立）に武器援助を申し出るが、フランス側はこれを断りスペイン人民戦線を見殺しにしている。人民戦線の第一の理念とは複数の勢力が連帯してファシズムと戦うということだったはずである。三八年九月、ミュンヘン会談でドイツのチェコ・ズデーテン地方進駐を承認して帰国した仏首相ダラディエは民衆から歓呼の声で迎えられた。大戦争を回避したとはいえ、三六年の民衆の人民戦線熱は何だったのかと問いたくなる。きわめつきの裏切りは三九年八月の独ソ不可侵条約だ。それまで激しく反目していた両国はいとも簡単に和解して相互の領土的野心（ドイツのポーランド侵入、ソ連のバルト三国支配）を認めあっている。

こうした五年間の混迷の時代、フランスの尖端的な知識人のなかには、政治活動に直接的に関与するのをやめ、左右の識別を離れて、思索の深いレヴェルから、政治を含めたこの世界全体の在り方を捉え直そうとする者たちがいた。左翼の側にいた知識人としてはジョルジュ・バタイユ、ピエール・クロソウスキー、シモーヌ・ヴェイユがあげられる。右翼の側の代表格はモーリス・ブランショだ。

彼らは政治活動に参加し、それぞれに挫折を味わった人たちである。もとより彼らは、既成政党の態度、既存の国家の発言に欺瞞を感じ、いっさい信を置いていなかった。既存の左翼を批判する左翼、既存の右翼に不満足な右翼だったのだ。それだから、彼らがこの五年間に自らの挫折を通して、さらには虚偽と矛盾の政治情勢を通して得た覚知には深いものがあった。政治を動かす要因は政治のレヴェルにいるだけでは見えてこないのではないか。政治的な思考・発言・行動を政治の枠組から離れて人間理性の所作として見直し、しかもその人間理性をより根源的で不可解な力との関係のなかで捉えてゆくべきではないのか。彼らはおよそこのような疑念に駆られて、神秘的あるいは宗教的と呼ばれる体験と思索の地平へ降りていったのである。

二

一九四〇年六月、ドイツ軍によるフランス占領の時代が始まると、クロソウスキーは、ベネディクト会、ドミニコ会の修道院を転々としてカトリックの瞑想体験に耽りだした。バタイユはブランショと交友関係を持つようになり、その助言を導きに無神学的な神秘思想をきわめてゆく。ヴェイユは、キリスト教神秘神学、ギリシア哲学、インド哲学を吸収して得た省察を死の年（一九四三年）まで『雑記帳《カイエ》』に精力的に綴った。

戦争が終わり、ヴェイユが書き残したものが次々書物として公刊されるようになると、バタイユ、ブランショはそれぞれヴェイユ論を発表する。ヴェイユと類似の軌跡を辿った者の論文だけにこれらは内容が濃く読みごたえがある。

ブランショのヴェイユ論は一九五七年連作で『新フランス評論』誌に掲載された（なおバタイユのヴェイユ論ならびに両者の思想上の関係については本書所収の「聖なるコミュニケーション――ヴェイユとバタイユの場合」を参照のこと）。「シモーヌ・ヴェイユと確信」（同誌七月号）と「シモーヌ・ヴェイユの体験」（同誌八月号）がそれで、これらはのちに評論集『終わりなき対話』（一九六九年）におさめられ、その第II章「限界体験」の第IV節「断言（欲望、不幸）」を形成した。

書き残された文章を見る限り、ヴェイユは懐疑の人というよりは断言の人である。杭《くい》を打ち込むように彼女はノートに強い断言を記していった。その言い切りの文言はカリスマ的な迫力を持ち、読む者を魅了する。ただし彼女の無数の断言は相互に矛盾しあい整合性を呈さない。矛盾にひるむことなく、いやあえて矛盾をおかしながら、彼女は次々に浮かぶ想念を断定的な口調で綴っていった。厳密さへの要求を誰よりも強く持ちながら彼女はそうしていたのだ。彼女の断言に溢れているこの確信、厳密に矛盾を招来させるこの確信はいったい何に由来しているのか。何が彼女にこの断言、この確信をもたらしたのか。ブランショは連作のヴェイユ論でこの根本的な問題に取り組んでいる。

ブランショがまずめざしていることは、ヴェイユの思想をキリスト教徒の論者から解放することだ。たしかに彼女自身が神（Dieu）という言葉を多用しているためキリスト教的な解釈が生じたわけだが、しかしそのような解釈はヴェイユの思考に内在する不規則性を覆い隠してしまう。そもそも彼女の用いる神という言葉からして通常の役割を演じていないのだ。ブランショは言う。「彼女は、神という名辞を美しいギリシア語（彼女にとってギリシア語はとりわけ美そのものだった）で発することで、また自分自身を空《むな》しくした精神状態でこの名辞を繰り返し語ることで、この名辞が彼女のなかで空無［＝le vide］を消し去りはしていない（通常この名称は空無の場すべてを占拠するために使用されているのだが）と自信をもって信じていた。（…）シモーヌ・ヴェイユの思想のすべての意義、そして人が彼女に感ぜずにはいられない友愛は、彼女がこの空無を守ったその純粋な力［＝force］に由来している。彼女はこの空無を二つの形式で維持し、維持しようと努めた。」この二つの形式とは、ブランショによれば、不幸と注意力である。

三

この空無をブランショは思考の盲点と呼んでいる。ちょうど眼球の内奥で視細胞が欠け視力がだせなくなる個所があるのと同じに、思考の中央には思考力を発揮することのできない地点（ということは思考自身によって思考されることのない地点）が存在するというのだ。「この種の思考の盲点は（…）或るささやかな仕方で現存しているように我々には思える。いやそればかりでなく、このささやかな現存によって、つねにより多くの場を獲得し、体験全体に広がってゆき、次第に体験をまるごと変質させることができるように思える。奇妙で危険な状況だ。我々はこの状況に抗《あらが》う気にさせられる。」

この思考の盲点、この空無に対する我々の抵抗の仕方は、ブランショによれば三つある。この思考の盲点に反抗するためにだけ思考する徹底抗戦の仕方。堅固な城砦を築いたうえでその手前に思考の盲点の影響を許す曖昧な地帯を設けるという妥協的な方策。三つめは、神という強力で不透明な名辞をこの空無に付与してこの空無を見えなくしてしまうやり方。

ヴェイユはこのどの反抗にも与《くみ》せず、逆にこの空無に身を開こうとした。神に重なろうとしたと言い換えてもよい。

ヴェイユの見るところ、この地上の世界に神は存在しない。全能（tout-puissant）の神はこの地上においては完全に非力（impuissant）だ。地上の世界を生みだした神の創造行為は神の自己否定、自己無化にほかならなかった。人間はわずかばかりの力能（puissance）を与えられている。

思考の力もその一つだ。もしも神に重なろうと欲するならば人間も自己否定し、思考の力を無化してゆかねばならない。あの思考の盲点へ、あの空無へ帰ってゆかねばならない。

このような空無を志向する体験は、ヴェイユにとって第一に不幸においてなされるのだが、この自己無化の体験にこそヴェイユのあの確信は由来する。以下はブランショのヴェイユ論の核心部分だ。「我々は次の問いに戻ることにしよう。彼女を彼女自身から引き離したもの、それは彼女でもなければ神でもない。としたならば、それはいったい何なのか。こう答えるべきだ。それは、引き離し自体なのだ、と。彼女はこのような答え方をしなかったが、しかしこの答は、彼女の全生涯、全思想を支えているものである。確信のすべてがここに集結している。我々のなかには神的と呼ぶべき何かがある。それのおかげで我々はすでに神の近くに在り続けている。この何ものかとは、我々が自分を消去するところの運動のことなのだ。遺棄と言ってもよい。我々がそう存在していると思っているものを捨て去ることなのだ。我々の外へ、すべての外へ撤退すること。これは要するに、空無の緊張であるような欲望、この欲望は欲望(もはや超自然的な欲望)への欲望になると空無自体の欲望、欲望する空無になるのだが、ともかくこの欲望によって空無を追い求めるということなのである。」

四

大戦中のバタイユはヴェイユと似たような自己離脱の体験に憑かれていた。バタイユは本質的に無意味なこの空無の体験に何とか外的な権威を与えて支えにしようと苦闘していたのだが、ブランショはそのバタイユに「体験の権威は体験のさなかにだけあり、体験が終了すれば異議申し立てされる」と助言したのだった。以後バタイユは純粋にこの体験の内部へ入ってゆき、非-知の境地、あの思考の盲点、あの空無に瞬時完全に重なることができるようになったのだった。

ブランショがヴェイユのなかに見ている確信とは、バタイユの内的体験における瞬間的な権威のことだといってよい。自己滅却のカリスマ的光輝を指しているのである。この光輝く確信は、個人の人格と無縁であり、何の論拠も保証も持たない。非力（impuissant）なのだ。しかしそれ自ら発光している。空無自身の光なのである。ただしこの光は持続しない。外部からの認識の眼差しにあい概念化されるともはや物的な権威に変質し空無それ自体ではなくなるのだ。「〔ヴェイユの〕確信はつねに反転しようとしている。というのも私がそれを知ると、もうその瞬間から、私が真理と単に重なることができていたあの解脱、私の神的な部分であったあの放棄は純粋でなくなってしまうからだ。」

ヴェイユの断言の無秩序は、彼女がこの瞬間的な確信の純粋さを追いかけていたことによる。彼女の強い文言に見られる論理的一貫性の欠如は、空無の欲望に従って自己滅却の光輝を一貫して厳密に追求していた彼女の振舞いの航跡なのである。

『雑記帳《カイエ》』に記された彼女の文明批判ならびに政治・社会問題に関する文章は、短文が多く直観的な寸評に近いが深さを感じさせる。近代的な自由の概念のなかで結論に達していた三四年の長文「自由と社会的抑圧の諸原因にかんする諸考察」よりもずっと現代の我々に訴えかける力を持っている。彼女の、いや彼女も到達した非人称の確信が彼女に脱近代の批評的地点を与えているのだ。

ブランショのヴェイユ論はヴェイユの晩年の思索がバタイユと近いところで営まれていたことを教えてくれている。今後のヴェイユ解釈に求められているのは、無神学的体験の視座に立ちながら、バタイユがヴェイユに感じていた齟齬《そご》をも吟味しつつ、いかに最後のヴェイユの思索が近代性の彼方へ開けていたかを明示することだろう。

バタイユの『空の青』

モン・セラートの山と修道院

バルセロナから内陸へ八〇キロ程遡ると、見渡す限り続く平地に突如垂直に千二百メートル有余の山並（というよりか巨大な岩塊の群れ）が聳えている。しかもそれらの頂きはモン・セラートの名のとおり鋸で切ったようにぎざぎざだ。一九三四年の冬、画家のアンドレ・マッソンは妻とこの奇観の山塊で道に迷い、頂上付近の岩場で夜を明かすことになってしまった。上を見ても下を見ても深い闇ばかりで彼は生まれて初めて上下への「二重の目まい」に襲われる。「そして私は一種の大渦巻《マエストローム》のなかに、嵐に近いもののなかに陥った。それもヒステリー患者のようになって。じきに発狂するだろうと私は思ったものだ。」

マッソンのこの神秘的体験は、友人のジョルジュ・バタイユに「大空への転落」という発想を与え、さらに「空の青」と題する二つの相異なるテクストを書かせることになる。一つは断章形式のかなり混乱した哲学的な短編で、三六年『ミノトール』誌に発表されたのち『内的体験』(四三年)に収録された。もう一つは平明な文章で綴られた中編小説で、三五年バルセロナで書き上げられ、五七年バタイユ六十歳の年に出版された。

ここで紹介するのは後者の小説『空の青』の方だが、前者の哲学的短編とのテーマ上の関連も簡単に見ておこう。

まずこの短編の冒頭に記されている太陽凝視へのバタイユの妄執が重要だ。真昼の燦然と輝く太陽を盲《めし》いるまで直視したいという欲求は、頭蓋の頂きにそれ専用の眼を一つ穿つ「病的な」幻想となって一九二〇年代から三〇年代のバタイユに棲みつき『頭頂眼』(生田耕作訳では『松毬の眼』)なる神話を書かせたが、この短編「空の青」の冒頭の数箇の断章もその延長線上にある。頭頂眼の幻想に加え、次のような垂直的眼差しと水平的眼差しの対置も完成ならなかった先の神話を引き継ぐテーマだ。「興奮状態と内的な陽気さは死と同じほど美しい空、だがまた死に劣らず幻めいた空のなかへ絶えず吸い込まれてゆくのだが、しかし他方私の両眼は俗悪な絆によって私を周囲の事物に隷属させ続けている。私を取り囲む事物のなかで私の振舞いは生の日常的な必要事によって制限されている。」

労働によって象徴されるこの「生の日常的な必要事」、およびこれを支える社会道徳、こうしたものの束縛を断ち切って、太陽との交わりを、「大空への転落」を、マッソンが味わった目まいと大渦巻《マエストローム》を、体験したいというのが、短編「空と青」のおぼろげながら見えてくる主題であり、小説『空の青』にも通底する根本的欲求だ。この点で重要なのは、両者に共通して現われるドン・ファン伝説だろう。バタイユは、モーツァルトの歌劇『ドン・ジョバンニ』の最後の場面（恐ろしげに改悛を迫る騎士長の亡霊に対し敢然とドン・ジョバンニ［＝ドン・ファン］が否と言い続ける場面）に魅せられていた。

一見すると、漁色家の道徳侵犯つまりエロチシズムと「大空への転落」は別個の事柄であるが、バタイユにおいてこの二つは、内的体験の問題として、つまり理性的な生の世界から生と死の交錯する非理性的な世界へ移行する恍惚の体験として、「死におけるまでの生の称揚」（『エロチシズム』）として、同次元の問題だった。

小説『空の青』のなかに空の青の記述は二箇所しかない。それぞれたった数行だけ、それもその一つは夜空を仰ぎ見る主人公が眼を閉じて浮かびあがらせる幻影として語られるだけだ。あとは放蕩三昧の話である。このアンバランスは内的体験を追求するバタイユにとって些事だった。いや、小説の構成上のアンバランス（第一部が極端に短く、語りの水準も異なる）とともに本質的な何かを示唆しているのかもしれない。

「深酒と眠られぬ夜々と肉体交渉に明け暮れて、死に触れるまで自分を消耗している」男、それが主人公のトロップマンだ。この名前は一家族八人を皆殺しにした実在の犯罪者から来ているが、主人公は人殺しこそしないものの、自らの家庭を崩壊させ、お人好しの女性（グゼニー）をサディスティックに弄ぶ悪太郎である。それでいて愛人のドロテアにはマゾ的な対応ばかりしている。この財産家の娘は、身持ちがすこぶる悪く、超高級ホテルで泥酔のあげく失禁まで犯す（それ故愛称はダーティだ）のだが、トロップマンは彼女に跪きたいほどの純粋さを感じて性的不能に陥っている。この男、死の気配にはきわめて敏感で、怯えつつもその気配の内側へ吸い寄せられるように分け入ってゆく。彼が娼婦たちとの交渉を重ねる（ことができる）のは、彼女たちに死が感じられるからなのだ。この傾向は死姦の強迫観念にまで発展する。他方、性的魅力をまったく欠いているのにもかかわらず、不吉な雰囲気故に、極左の女性活動家ラザロ（シモーヌ・ヴェイユとおぼしき人物）に呪縛され続けてしまうのだ。

主人公は自分の下らなさをよく知っていて、流れのままになった漂流物、どうにも正当化しえない人間の屑という思いに絶えず襲われ、その度毎にどこであろうと号泣し始める。ずいぶん意気地のないドン・ファンだが、一元的に性格付けされたこの伝説上の人物よりずっと人間臭い。

要するに読者は、主人公の放蕩、嗚咽、幻視、悪夢に最後まで同道させられる。終章、ロウソクが一面に灯る夜の墓地を眼下にトロップマンがドロテアと交接に到る場面は、この小説中最も美しくかつ不気味な箇所であるが、それでハッピーエンドとなるわけではない。両者は別れ、男はまた泣き、戦争の予兆のなかをさ迷いだす。

バタイユも認めるように主人公の行状には一九三四年当時の彼の荒れ果てた実生活が反映している。だがそれ以上に重要なのは、この物語の醸し出す途切れることのない混乱が限界体験のさなかで感得される無限の連続体としてのカオス、ものみな無秩序に生滅流転するヘラクレイトス的な生成の流れを反映しているということだ。

既述のようにバタイユの体験する限界は、生と死、正気と狂気が混じり合う極限的な曖昧領域なのだが、そこはまた「世界の深奥」という巨大な曖昧さ、すなわち人間と自然、歴史と宇宙の混乱した流れに開けている地帯でもある。さ迷っているのはバタイユ一人ではない。「人類という広大な漂流物は、我々の論理的言語などには耳を貸さない大河をさ迷いながら下っているのだ。」(『有罪者』)

この小説のなかに三四年頃の政治的事件は幾つか散見されるが、注目すべきは、この小説が政治や労働という水平軸の人間の活動とは異質の生を厳しく徹底的に描いて、水平軸の活動をも包含して流れる巨大な生成の大河の存在を示唆するのに成功しているということだろう。異質性(l'hétérogénéité)への厳格さという点でこの小説は、他の作家たちの三〇年代の作品と一線を画し、怪しげな光芒を放っている。作者バタイユも文学だけでなく宗教、哲学、経済学、美学等に関わった曖昧で異質な、そして巨大な書き手だったことを付記しておく。

IV

ある劇場国家の悲劇

「人間失格」と無用性の東西

一

美術商会の店員、外国語の教師、補助説教師、書店員、見習い伝道師。どの仕事もまっとうできないまま青春の一〇年を費消して、ゴッホは深い悩みに沈んでいる。「ぼくの苦悶は次のことに尽くされる。すなわち、どうしたら自分が何か善いことのできる人間になれるか、何らかの目的に貢献する人に、何かの役に立つ人になれないものだろうか」（書簡一三三）。

打ち込めそうな職すべてに挫折し無用の身に成り下がった屈辱を、ゴッホは一八八〇年七月（二十七歳）、弟テオに綿々と綴った。「人は往々にして、何とも得体の知れぬ籠、恐ろしい、実に恐ろしい檻のなかに幽閉されて、何をすることもできない状態のなかに置かれてしまうのだ」（書簡同）。自分を籠のなかの鳥に、牢獄のなかの囚人に変えた運命を彼は激しい口調で呪詛するが、しかし同時に、この運命と戦おうともする。彼の心には「運命に対する反抗心が燃えている」(書簡同)。だが、どうすればいい。「きみは何がこの牢獄を消滅させるか知っているか。それはすべての、深い、真面目な愛情なのだ」(書簡同)。この愛情が彼を無用な者に転落させていることにゴッホは気づかない。何かをあまりに強く、あまりに誠実に愛したため、何ごともうまくいかなかったのだ。「熱情の人間」を自負する彼の過剰な愛情は、愛の成就を不可能にする破壊力を内包させていた。

ともかく青年ゴッホの前途には、もはや絵描きになる道しか残されていなかった。愛情を込めた絵によって、はたしてどれだけ自分が社会的に有用な存在になれるのか、彼自身にも自信はなかったろう。さしあたり、「貧しいひとたちに平和を与え、かれらがこの世の生活に安らぎをうるような」(書簡一二二a)伝道師に似た画家になることだ。絵画を通して人間の心に慰安を与えることだ。

しかし、「ある種の負債と義務を感じる」世間に対して、「感謝の心から……真摯な人間感情を表出するために描いた」(書簡三〇九)彼の絵は、世間からいっこうに愛されず、見向きもされない。一八八四年に始められた油絵は九〇年の死の年までにざっと八〇〇点に達したが、売れたのはわずか一枚きりである。それもそのはずで、表出された彼の「人間感情」はあまりに激しく、強烈な色、常軌を逸したフォルムに当時の人々は慰めを得るどころかとまどいを感じ、不安を覚え、尻込みしたからだ。

ゴーギャンへの友愛が破綻し、自分の耳を切り落としたゴッホは、アルル市民から不気味がられ、署名運動にあって独房に監禁されるが、そうなるともう画家の社会的有用性など信じられなくなる。「ぼくら芸術家は現代社会にあっては割れた水差しにすぎぬ」(書簡五七九)。

ゴッホ「自画像」

ゴッホの愛に応えゴッホを愛していたのは弟のテオだけだった。テオは、働かず売れない絵ばかり描く兄を物心両面で献身的に支え続けたが、その彼も安月給のうえに子供ができその子供が病気になっては兄に不平をこぼさざるをえなくなる。最愛で最後の人から無用者の咎《とが》を思い知らされたゴッホは、麦畑の写生でカラスを追い払うために用意しておいたピストルで、カラスと同じほどに、いやカラス以上に人と社会に有害無益な自分を撃ち殺した。

高階秀爾氏は言い切っている。「ゴッホの生涯は、端的に言って、求めて得られぬ愛の悲劇である。三十七年のあいだ、絶えず愛を求め続け、つねに裏切られた（と信じた）男の物語である」（『ゴッホの眼』）。この求めて得られぬ愛は、有益性への執着と重なっていた。「何か善いことに」、「何らかの目的に」役立つこと、有意義であること、意味あることが、彼の愛ではめざされていた。ところで、愛を成就させ意味ある存在になるということは、一個の物体になるということだ。対象を所有して、あるいは対象の支持を得て、完結した物体になるということだ。ゴッホの過剰な愛は、愛の実現を不可能にし、彼に物となることを阻み、彼をつねに役立たずの無意味な存在へ押し返した。グロテスクで不定形で未完了の運動態、これが、求めて得られぬ愛の人ゴッホの姿だった。

アイデンティティ・クライシス（自己同一性の危機）は、それ故、ゴッホの慢性的な病いだったと言ってよい。確固たる個的存在として自分を人に、自分自身に、呈示しえない不幸をゴッホは終生受苦し続けた。自分の画業が有益な愛に到らぬことが分かれば分かるほど、つまり画家としての生涯が進めば進むほど、この不幸は深まりゴッホの内面を引き裂いた。一八八七年以降彼は多くの自画像を制作したが、それらはどれも、同郷のレンブラントの自画像とは似ても似つかぬ不吉で危機的な気配を、収拾のつかない内的な混迷を表現している。

大宰治「自画像」

二

『人間失格』の主人公葉蔵は、東北の中学校時代、友人の竹一にゴッホの自画像を「お化けの絵だよ」と差し出され、自分もまた内面の絵を正直に描く気にさせられている。そうして作られた彼の自画像は、ゴッホの自画像に劣らないほど醜く不気味で陰惨な絵になった。葉蔵は確信する、「これこそ胸底にひた隠しに隠している自分の正体なのだ、おもては陽気に笑い、また人を笑わせているけれども、実は、こんな陰鬱な心を自分は持っているのだ」。

　だが、ゴッホのグロテスクと葉蔵のグロテスクは内容を異にしている。ゴッホとまったく逆に葉蔵は、何かを積極的に愛そうとしない（「自分は……人を愛する能力に於いて欠けているところがあるようでした」）。所有欲も葉蔵には希薄だ（「自分には、もともと所有慾というものは薄く、……所有権を敢然と主張し、人と争うほどの気力がないのでした」）。つまり葉蔵は、対象の方へ自分から身を乗り出してゆくということをしないのだ。逆に、対象が押し寄せてくるのにまかせている。彼は自分に差し出されたものを拒めない（「人から与えられたものを、どんなに自分の好みに合わなくても、それを拒む事も出来ませんでした」）。とくに、自分の眼前に現れたものが、人にせよ、その言葉にせよ、あるいは何らかの出来事にせよ、確固とした物体として迫ってくるときには、葉蔵はまったく従順にこれを受け容れてしまう。アイデンティティを誇る物体たちに無抵抗に侵入されてしまうのだ。

　が、それでも、葉蔵は慎重だ。彼は、二重構造の心理をもって外部に対応する。自分の眼前に舞台を設置し、そこに（そこまでのところに）外部の物体たちを招き入れ、自分の虚偽の分身たる道化とともに劇を演じさせておくのである。彼の本体は舞台の背後に隠れているわけだが、そこで安閑と休息しているのではない。劇の成り行きを恐る恐る見守っている。道化がその役をうまく演じているかどうか、つまり他の物体たちに道化であることを見破られないでいるかどうか、はらはらしながら注視しているのである。というのも、道化たることが察知され対応の虚偽が暴かれたならば、その恥辱で彼の存在は二重構造の奥の地帯まで完全に崩壊してしまうだろうからだ。葉蔵の道化役は竹一に一度、検事にもう一度、その正体を看破され、その都度彼の本心は地獄の業火で炎上している（「あれと、これと、二つ、自分の生涯に於ける演技の大失敗の記録です」）。

そもそも、外部が葉蔵の内部と同じ性質であったならば、このような劇場を作り上げる必要はなかったのである。ゴッホと違い、葉蔵は無用の身であることを欲している。そして外部の存在たちに対しても、無用な戯れが純粋に生きられていることを願っている。内部と外部がまったき無用性のなかで交わりあうこと、それが葉蔵のユートピアだ。「第一の手記」の冒頭に置かれた駅のブリッジの挿話は、外部との無用性のコミュニケーションが実現したと錯覚した葉蔵の思い出を語っている。子供の彼は、駅のブリッジの階段がただ無意味に昇り降りするためにだけ、つまり「垢抜《あかぬ》けした遊戯」のためにだけ作られたと思いなし嬉々としていたのだが、後年それが「線路をまたぎ越えるための頗《すこぶ》る実利的な階段に過ぎないのを発見して」、ひどく興覚めしたのだった。他方、東京に出て知った淫売婦たちは、白痴か狂人と見まがうほど純粋に無用な好意を彼に示して、束の間彼に安らぎを与えた（「何の打算も無い好意、押し売りでは無い好意、二度と来ないかも知れぬひとへの好意、自分には、その白痴か狂人の淫売婦たちに、マリヤの円光を現実に見た夜もあったのです」）。

だが、たいていの大人たちは、実利的で合法的な強い態度で身を固めて一個の物になりきっていた。大人たちは、亀裂のない強固な存在として葉蔵の前に立ち現れ、その殻の固さにおいて葉蔵を威嚇し、また彼に不信の念を抱かせた。

人を欺く。それは誰においてもありうることであって、理解できる性向だ。葉蔵も正義など信仰してはいない。しかし、人に対し心にもないことを言ったりしたりして平気でいられる、それも相互に相手の嘘を知りながら陽気につきあっていられるというのはどういうことなのか。自他の道義的矛盾、不誠実さに心が引き裂かれず、明るく平然と自己完結したまま振舞っている大人たちの何という無神経ぶり、図太さ、虚偽。葉蔵にはそれが「難解」であり、大人たちへの彼の不信の原因になった。

だが彼は外へ攻めてゆくことができない。逆に、意気地なく彼らの強力な物体性に圧倒されるばかりだ。物の強さを前にしての受動性、自信の欠如、卑屈さ。物と物のコミュニケーションに価値を見出せない葉蔵の美意識はこれらの欠点と呼応し、これら欠点の負性を育み助長した。押し寄せる強き物体たちに対して葉蔵がとれる防御は、劇場を開くことだけだった。彼らに対する防波堤として葉蔵は、自己の眼前に舞台を設け、そこへ彼らのように明るく振舞う（つまり内的な分裂、苦悩を見せない）道化を立たせたのだった。彼によれば、この道化は「自分の、人間に対する最後の求愛」なのだが、舞台で演じられている物体と物体のコミュニケーションは、片方が道化という疑似的な物体であるだけに、そして劇場の支配人が自己の不誠実に鋭敏でつねに怯え、震えているだけに、不安定で、ぎくしゃくしたものだった。

ゴッホのアイデンティティ・クライシスは、求めて得られぬ愛の人の苦悩、有益な物体になろうとしてなれない人の自己分裂である。葉蔵の場合は逆で、物体たちを道化という方途で致し方なく愛そうとした人の苦悩である。嫌々、そして震えながら物と交わった人の不幸である。

三

しかし、アイデンティティ・クライシスとはいっても、葉蔵の場合、自我が真に崩壊の危機に見舞われたことは一度もない。道化の演技がまずかったことはあったが、外部の存在に侵入され舞台の裏まで土足でずたずたに踏みにじられたという経験は彼にはない。これは、他国からの侵略を史上一度も蒙ったことのない日本に似ている。他国の文明の所産をまるで真理であるかのように受け入れ、それを自分の舞台の上で踊らせるという日本の伝統的なスタイルも葉蔵のそれに近いものだ。日本はとくに明治以降、劇場国家として振舞って、時代を乗り切ろうとしてきた。和魂洋才という二重構造の対応は、第二次世界大戦の敗北の後も存続し（とことん侵略されなかったがために）、この国を特色づけた。明治の立憲君主制と同様、敗戦後の民主制も海の向こうの産物であり、この国の人々は事実上これを洋才として舞台の上にのせ、民主制の精神とは程遠い非理念的・非討議的・非闘争的な和魂をそのままに温存した。フランスの現代思想を無批判に導入した一九八〇年代のニュー・アカデミズムの知識人たち、これら外国思想の紹介者たちを踊らせて楽しんだ当時の読者層も、この国の劇場国家としての特質をよく示している。

侵略の痛みを経験した人々は劇場国家を形成しない。歴史国家を作る。自立自存の尊さを思い知らされた経験から、自分の本質を自分のなかに、つまり過去から未来への自分固有の時間軸のなかに、自分の歴史のなかに、置かねばならぬと思いなす。自分の起源を探究し、神話、伝承、遺跡、原典を重視し、記憶のなかにすべての過去を詰め込んで自分本位の歴史を作り上げ、その歴史を現在あるいは未来において完成させようとする。この歴史の実現のためならば、他国の文明、領土を利用してもかまわないと考える。自己の文明を正当化する強い精神から、他なるものの制圧は、ごく自然に、居丈高《いたけだか》に、行われる。国内に入ってきた他なるものに対しても同様に〝植民地化〟する。人であれ制度であれ文化であれ、これを同化するのだ。敗戦までの日本は、この歴史国家のあり方自体をも洋才として招き入れた。

ゴッホのアイデンティティ・クライシスは、言わば、歴史国家の群なすヨーロッパにあって、自ら知らず歴史国家たらんとしながらそれになれずにいた人の苦悩である。画家への道を歩み始めた頃の彼にとって、外部の他なるものとは何よりも自然の風景だった。彼は、自然を素描しながら自然がいかに「摑みにくい」か実感している。そして近代の西欧人と同様に自然を征服したいと考えている。「自然との闘いはシェイクスピアが〝じゃじゃ馬馴らし〟と呼んだものにどこか似たところがある（これは抵抗するものをねばり強さでいや応なく征服するという意味だ）」（書簡一五二）。

やがてパリに出て印象派の絵に接するとゴッホは光の美学に目が見開かれ、自然の光を神格化し、崇拝しだす。太陽、向日葵《ひまわり》、星は彼自身の理想像へ変容させられて、彼の主観の域内へ整合的に導入されてしまう。ゴッホはこれら光の表徴を自らのうちに所有し同化しようとするのである。

これはまた、彼自身の歴史を完了させる行為でもあった。ゴッホは天賦の才に恵まれて自ずと画家になった人ではない。若い頃の挫折、それもとくに宗教活動家への夢を断たれたあとに、その夢の代替実現として画家の道へ進んだ人である。牧師の父と衝突したため、キリスト教の教義や教会に直接奉仕する宗教画を描こうとはしなかったが、一つの理想を追求する一神教的な欲求は彼を突き動かし続けた。

新たな崇拝の対象になった自然は、しかし、ゴッホの無意識的な自史完成のもくろみを拒み続けた。自然は有用なものになって彼に尽くすということをしなかった。光の王国たる南仏は、逆に、自然の捕捉の困難さを、さらには画家の存在自体を滅ぼしにかかる死の力を、彼にじかに突きつけた。糸杉のモチーフは画家自身が感得した自然の死の力を形象化したものである。ゴッホ最後のオヴェール・シュール・オワーズの風景画になると、画布は風景にあわせて横長になり、画家自身の介入も希薄になる。藍青色の空と緑野だけ、もう一枚の絵は空と麦畑にカラスの群れが飛び来たるだけ。これは、彼を無用者に転落させた彼の内面の力と自然界の恐ろしげな力との交わりの図にほかならない。無用性におけるゴッホの内なる自然と外の自然とのコミュニケーションの絵にほかならない。

四

近代日本という劇場国家に住まう人々は、大方、有用な存在として生きるために、自身の二面性に無反省な小劇場国家を営んだわけだが、葉蔵はそのなかにあって、自分の劇場性の欺瞞に誠実に震えながらも、この小劇場国家を無用性の極限へ〝発展〟させようとした。

東京で生活するにつれ、葉蔵はどんどん身を持ち崩してゆく。深酒し、淫売宿に通いつめ、心中をはかって相手を死なせ、別な女のヒモになり、その女の衣服を質草にして幾夜も帰らず飲み歩く。人まねの漫画や春画で得た金も飲み代へ変えてしまう。こうして十分に無用な、この世にいなくてもよい存在に成り変わってゆくのだが、それに応じ、彼の舞台裏の自我も人間の相貌を持たなくなる。

周囲の一般人の隠された自我は欺瞞に満ちてはいても、有用性に価値を置いている分、人間的な表情をしている。葉蔵の自我は、人間以下のぬらぬらと醜い軟体動物に堕してしまった。十九世紀フランスの詩人シャルル・クロの詩句「ゆくてを塞ぐ邪悪な石を／蟾蜍《ひきがえる》は廻って通る」を目にしたとたん、葉蔵は自分の正体を暴かれて、赤面する（「それが、自分だ。世間がゆるすも、ゆるさぬもない。葬むるも、葬むらぬもない。自分は、犬よりも猫よりも劣等な動物なのだ。蟾蜍。のそのそ動いているだけだ」）。

葉蔵の自我は、無用な軟体動物であることに耐えかねて、人間に昇格しようと欲する。と同時に彼は、世間という外部が圧倒的な全体ではなく一人一人の個人であることを見破って、世間への恐怖心を軽減させてもいた。だがこれは侵略されたことのない人間の甘い観測でしかなかった。そもそも、たとえ一人の個人であれ（それが歴史国家的人間であろうと劇場国家的人間であろうと）この地上に存するものであるならば、認識という捕捉を打ち破り、当の認識の主体を破壊する可能性を持っているのである。

自我は、軟体動物に変容していても、物の一体性を維持している限り、認識をする。つまり対象を、自分に対応した観念像（という物）に変えて捉える。葉蔵の自我も、蟾蜍の醜状・劣等性に条件づけられながら、対象を一つの観念的存在へ実体化した。要するに彼は、アルルのゴッホが太陽や向日葵を理想化したのと同じように、煙草屋の善良な娘ヨシ子を無垢な信頼心という観念の衣に包んで捉え、それに縋って蟾蜍の身から人間の境位へ這い上がろうとしたのである。この試みは成功しつつあった。彼は「自分もひょっとしたら、いまにだんだん人間らしいものになる事が出来て、悲惨な死に方などせずにすむのではなかろうかという甘い思いを幽《かす》かに胸にあたためはじめていた」。

今や葉蔵の自我は無用心にも非武装のまま舞台の上へ、つまり外部と接するところへ出てきてしまっている。この葉蔵とヨシ子の関係は人と神の交わり《コミユニオン》である。これは、物と物の交流であるが、通常のそれとは違い、人間にとっては自己保存の最後の可能性のかかっている極限的な関係である。自分という物的存在そのもののための窮極の実利的関係なのだ。

したがって、この関係において神の物体性が滅びるならば人の物体性も滅びる。神は天上にいる限り不滅であり自己同一性を保っているが、神の分身として地上に降りてきたイエスは、そのとたん、地上の理《ことわり》のために処刑された。地上の理、それは、いかなる自己同一性も、いかなる物体も、自分自身が原因で滅ぼされるということだ。地上に降りてきた神は、人に化身したから滅ぼされたのではない。神であり続けたがために、つまり神の愛を語り実践し続けたがために、殺されたのである。

無垢な信頼心という自己同一性を持った（そして観念的に強調された）ヨシ子は、この自己同一性のために犯され、この自己同一性を失った。犯されたあとの彼女は、人に対し絶えずおどおどし、猜疑心にさいなまれる存在に成り変わった。とりわけ、葉蔵の前に出ると、彼の敷いた無垢の観念的枠組とのずれが意識されて、そのように振舞った。神を失ったあとの葉蔵には、もはや自分という人間を失う道しか残されていない。「まっこうから眉間を割られ」た彼は、人の世に「凄まじい恐怖」を覚え、またぞろ酒に溺れ、自殺を試み、モルヒネ中毒になって、癲狂院へ運ばれてゆく。

五

ゴッホは、一八八二年、説教師の娘で七歳年長の、そして子連れの従姉ケーとの恋愛に破れたあと、悲嘆の底に沈んで「ああ、神、神はいない」（書簡一九三）と綴っている。だがその後の彼は、ユゴーの言葉「宗教は移ろい、神は残る」に支えられて、約八年間新たな神の創造のために格闘した。被侵略の過去を持つ歴史国家のなかで生まれ育ったことが、そのことで体得された強さが、彼に八年間の歴史国家的闘争を可能にしたのだ。

劇場国家に生まれ育った葉蔵にはその強さがない。地上の理にあって神を失ったあと、彼はただ廃人になるばかりだった。だが彼は、劇場国家の環境に条件づけられながらも、劇場国家の大方の住民が到達できずにいる無用性の二つの極に達し、そこで彼らが見たことのないものを見たのである。無用な蟾蜍の身に転落したとき、彼は有用性に縛られる劇場国家の人間（堀木正雄、ヒラメ、ヒラメを操る彼の父）の利己的な冷たさ、醜さをはっきり見ることができた。他方、神の死という人間の限界体験においては、「ただ、一さいは過ぎて行」くという真理、つまりすべてを無用なものに変え滅ぼしてゆくこの地上の生成の理《ことわり》を見たのだった。「第三の手記」の末尾で葉蔵が繰り返すこの言葉（「ただ、一さいは過ぎて行きます」）は、劇場国家の舞台の上にのせられ安易にうべなわれる衛生無害な無常の真理とは違う。

太宰治自身、一九三六年から三七年にかけて、この無用性の二つの極を生きている。ちょうどその頃、フランスではジョルジュ・バタイユが無用性の極に到って懊悩していた。バタイユの場合、まず神を笑殺して人間の限界に立ち、そこで虫けら（「弁士の鼻先にとまった蠅」）になって淫蕩な生活に耽っていたのだが、歴史国家の権化たるヘーゲルの弁証法のなかに、この命を賭して体験される無用性の自由が合理的に吸収される、と説かれて苦悩に沈んでいたのだった。バタイユは、そのように説くヘーゲル学者コジェーヴに宛てて、一九三七年、「使いみちのない否定性」の真実を伝える手紙を書いている。だが、真の敵は彼自身のなかにあった。歴史国家のなかに生まれ育った彼自身のなかにヘーゲルは存在していたのであり、無用性に対し、意味を、他を支配する権威を、有形な共同体という物的な枠組を、与えようとしていたのである。

　この歴史国家的呪縛からバタイユを解き放ったのは彼の友人のブランショである（この辺の詳しい事情については拙著『バタイユ入門』［ちくま新書］の第三章を参照されたい）。ブランショに異議申し立て《コンテスタシオン》の発想を授けられてバタイユはようやくヘーゲルから脱し、「好運」という受動的な偶然性の体験に身をまかすことができたのだった。いや実のところ、この「好運」のさなかにもヘーゲルは現われてきた。バタイユはやっとヘーゲルと対等な位置に出て、ヘーゲルと格闘し、ヘーゲルの隠していたものを垣間見えるようになったということにすぎない。『内的体験』の極限の一節「非-知は裸形にする」にある彼の言葉（「裸形にする、それ故私は知がそのときまで隠していたものを見る、だが見ると私は知るのだ」）は、彼のなかの歴史国家がいかに強力であるかを物語っている。

太宰とバタイユは、東西それぞれの環境に限定されながら同じ眺めを見た。自己同一性を誇るものとて無意味に否定され流されてゆくその生成の眺めは、バタイユからすると、次のようになる。無用性の東西に関するこのささやかな考察をバタイユの『ニーチェについて——好運への意志』からの引用でひとまず切り上げておきたい。

私は、今、文章を綴りながら、雷鳴に、風のうなり声に、聞き入っている。耳をそばだてて私は、いくつもの時代を通って響いてくる喧騒、轟音、大地の嵐を聞き分ける。大音響が駆け抜けてゆく今のこの無限の時代、この無限の天空、私の心臓が血液を供与するのと同じくらい簡単に死を供与するこの時代、この天空の中で私は、自分が、激しくてたちまちあまりに暴力的になる運動に運ばれてゆくのを感じる。窓の扉から無限の風が、さまざまな戦闘の猛威を、幾世紀もの怒り狂った不幸を、のせて吹きこんでくる。流血を求める激情と、攻撃欲に必要な理性の盲目とを、どうしてこの私が持たぬことがあろう？　私はもはや、憎悪の叫び——死を要求する叫び——になりきりたいと思っている。それに、互いに食いちぎりあう犬たちより美しいものは何一つ残存しないはずだ！——けれども私は疲れ、発熱している……。

＊なお、『人間失格』は新潮文庫を使用し、ゴッホの手紙はみすず書房の『ファン・ゴッホ書簡全集』を用いた。末尾の『ニーチェについて』の引用文は現代思潮社版の拙訳である。

V

トリノの風

クロード・ロランと最後のニーチェ

一

北イタリアの大都市トリノにやってきて、ニーチェは欣喜雀躍としている。街の空気が違うというのだ。「僕は快適な気分で朝から晩まで勉強し（……）、半神のごとくに消化し、夜は夜で、荷馬車ががらがら通るにもかかわらず、よく眠るのだ。すべてニーチェがトリノに素晴らしくよく順応しているしるしだ。そうさせるものは空気——乾燥していて、気持ちよい空気——だ。」（一八八八年四月二十日、ペーター・ガスト宛ての手紙）

じっさい、トリノの全街路は縦横に直線的に延びて格子縞を形成し、その縦横の道路の向きはちょうどアオスタ峡谷からの北西の風と南西からの穏やかなアルプス降ろしの風が吹き抜けできるように按配されている。縦の道も横の道も風が渡るため、トリノの大気はいつも心地よく乾燥し、冷

トリノ市の眺め（手前がポー河）

涼で澄んでいる。風土の条件にことのほか敏感だった病弱のニーチェにとって、トリノの春はほかのどの地よりも快適だった。

ニーチェがトリノに魅せられた理由はまだある。洗練された古典様式の街並。イタリア的なものと非イタリア的なものの楽しげな混淆。大自然の景観とのみごとな融合。そして、自分の作品と哲学を公開で講じるというデンマークからの良き知らせも効を奏した。長いこと不遇に甘んじてきた彼は、トリノの春を十五年ぶりの春と言ってはばからない。

一八八八年四月七日トリノに着いてからニーチェは知人、友人へ立て続けに私信を発するが、そのどれを見ても、トリノの魅力、トリノでの彼の喜びが綴られている。五月に入っても彼の感動は変わらない。バイロイトで知り合った画家のザイトリッツに宛てた手紙にはこうある。

前世紀の壮麗な邸宅のある静かな街路の、静寂

カルロ－アルベルト広場とニーチェの住居（カリニャーノ宮殿〈左〉に面した側4階の、右から4つめ、バルコニーのある部屋）

で高潔なばかりの世界、なんとも貴族的です。（私自身はカリニャーノ宮殿の向かいに住んでいます、司法省の古い建て物です。）カフェー文化の絶頂——アイスクリーム、トリノ風チョコレート。三ヵ国語の本がある書店。大学、素敵な図書館、参謀本部の所在地。素晴らしい並木の都会、ポー河畔の比類なき河岸風景。イタリアのうちでは格別に、気持ちのよい、いちばん清潔な広々とした都会、一万二十メートルの贅沢な歩廊のある都会。——北風が私に明るさを運んできてくれるように思われます。そのうえデンマークからも北風が吹いていることを、想像してみてください。つまり、これは最新のニュースですが、コペンハーゲン大学で、いまゲオルグ・ブランデス博士が、ドイツの哲学者フリードリッヒ・ニーチェについてというかなり長期の連続講義をしているのです！　新聞によりますと、これは成功裡にすすめられ、講堂は毎回はちきれんばかりの満員の盛況、聴講者は三百人をこえているとのことです。

（一八八八年五月十三日、ラインハルト・フォン・ザイトリッツ宛ての手紙）

この公開講座を催すにあたってブランデスは、ニーチェに、既刊の著作すべての制作年代目録と履歴書を送るように求めている。ニーチェにとって、このような自己紹介の試みは初めてのことだった。国際レヴェルではもちろんのこと祖国ドイツにおいてさえ一顧だにされてこなかったのであるから、それも当然である。

カルロ－アルベルト通り６番地にあるニーチェの石碑（1944年、ニーチェ生誕百年を記念して作られた）

ブランデスに宛てた自己紹介の文に、八八年秋に執筆された『この人を見よ』の一原点を見てとることは可能だろう。不遇をかこつのはもうやめにして、自分を積極的に世に知らしめてゆかねばならない。自分を無視し続けるドイツ人読者に向けて、過去から現在ま

カリニャーノ宮殿（正面）

での自分の全存在をぶつけてみる。未知の闘争のなかへ自分の全身を放り投げてみる。このような自己の全体を賭ける行為、命がけの遊びを、ニーチェは、ブランデスの要請をきっかけに敢行してみる気に徐々になっていったのではなかろうか。

いずれにせよ、ニーチェの全体が賭けられている高次の書『この人を見よ』が書かれたのも、トリノにおいてであり、このうえない喜びのなかでのことだった。ニーチェは六月の初めに一度目のトリノ滞在を切り上げ、スイスの避暑地シルス・マリーアに転居したが、九月二十一日再びトリノに舞い戻り、秋のトリノの雰囲気に酔いしれながら『この人を見よ』を制作したのだった。

『この人を見よ』、そしてこの時期の数々の書簡のなかで、ニーチェは相変らずトリノへの讃歌を繰り返している。ただし春の滞在のときとは違って、クロード・ロランの絵がしきりに引き合いに出されるのだ。「私はあんな秋をついぞ体験したことがない。地上にあんな種類のことがおよそあり得るなどと思ったこともない。——クロード・ロランの絵のようなものが無限に続いていると思えばいい。一日一日が一様な、始末に負えない完璧性を具えていた。——」(『この人を見よ』)「ここでは毎日がおなじように法外に豊かな陽光と完璧さのうちに現われてくるのだ。燃えるような黄金につつまれた素敵な樹木の容姿、空と大河は淡い青色、清澄きわまりなき大気——かつて見ようとは夢想だにもしなかったクロード・ロランの絵だ。」(一八八八年十月三十日、ペーター・ガスト宛ての手紙)

トリノの秋を体験してから二ヵ月後、ニーチェは住居前のカルロ-アルベルト広場で昏倒し狂気の淵に沈んでいってしまう。八八年秋の最後のニーチェが到達した最も重要な哲学概念は遊び(独語で Spiel、この言葉には賭けという意味も含まれている）だったと言ってよい。トリノ、そしてクロード・ロランの絵に立ち寄りながら、最後のニーチェの遊びについて考えてみたい。

二

整然としたトリノの街路の歴史は紀元一世紀に遡る。古代ローマの植民地都市であったトリノは、軍事的拠点として要塞の相貌を外に持ちつつ、内においては風と陽光の摂取が考慮されて十字架状の主要路を基軸に碁盤の目に道路網が作られていった。

しかしトリノの都市造営が飛躍的に進められたのは十七、十八世紀のことである。すでに、フランスとイタリアにまたがるサヴォイア公国の首都であったトリノはこの公国がサルディニア王国に発展（一七四六年）しても首都であり続けたが、カルロ・エマニュエーレI世（一五六二－一六三〇）に登用された建築家ガリアーノ・ガリーニ、アスカニオ・ヴィトッチ、カルロ・ディ・カステラモンテら、そして名君ヴィットリオ・アメデオII世（一六六六－一七三二）に招聘されたフィリッポ・ユヴァラは、古典様式とバロック様式を混在させながらこの首都を拡張し市街化した。

その努力がいかに美しい成果に結晶したか、一七四〇年四月トリノを訪れたフランス人シャルル・ド・ブロスの言葉が端的に証している。当時ブルゴーニュ議会の議員であったド・ブロスは、イタリアのほぼすべての都市を周遊したのち最後にトリノへ入ったのだった。「トリノは私にはイタリアで一番美しい都市に思えます。いやそれどころか私思うに、ヨーロッパで一番美しい都市です。これは、街路の整然とした並び方、建て物の規則正しさ、広場の美しさに拠ります。その広場のうち最新のものは歩廊で囲まれています。ほかの都市では幾つかの場所で大仰な建築趣味がのさばっているのですが、それがここではまったく、あるいはほとんど見られません。しかしまた、宮殿の横に藁ぶきの家を見る不快もないのです。」(『イタリアからの手紙』第五八書簡)

建て物を見る限り貧富の差は認められず、街並は理性的な秩序のうちに一様であったというのだ。しかしこれは趣向に欠ける単調さが支配していたということではない。ド・ブロスも、カステロ広場中央に立つマダーマ宮殿の正面《ファサード》（ユヴァラの作）の壮麗さに感嘆している。

たしかに王たちに招かれた建築家たちはみな古代のローマ時代の幾何学的な都市設計を尊重した。しかし、十七、十八世紀のトリノの古典主義は、ルネサンスに端を発しつつも、単にローマという古典の反復に留まっていたのではなく、そこに遊びを導入した。単純な格子状の道路網に、人の感覚を打つ劇的な効果を加えたのである。例えば、長方形の巨大な広場を開き、それに面して宏壮な宮殿と劇場を築く。あるいは、舞台背景の書き割りの遠近法表現に似せて、広場から発する道の遠方に堂々とした館の正面や記念碑が望まれるようにする。あるいはまた、道路の両側の建て物の一階に天井の高い歩廊《アーケード》（イタリア語で portico, フランス語で portique）を設け、それが道路に沿ってどこまでも続くようにする、といったぐあいに。

バロック様式は、この古典主義よりもさらに遊びの面を強調した。直線や正方形、長方形の静的な幾何学性から脱して、曲線、波形、捩《ねじ》れ、歪《ゆが》みを積極的に使用する。例えばガリーニの作なるカリニャーノ宮殿の正面は大きくうねる曲線的な凹凸が特徴だ。

トリノのバロック様式は、古代ローマから古典主義へ貫通している静的な幾何学性をけっして否

トリノのアーケード

定していない。この幾何学性を肯定しつつ、そのうえで遊んでいるという感じだ。それはちょうど、ヴィットリオ・アメデオII世が、厳格な政治を宮廷の内外に敷きながら、気が向くと一市民に変装してトリノの歩廊を巡視がてら散策し、とある薬屋の主人と懇意になってその家庭で食事をともにする、といった遊び心に似ている。

ニーチェはこうしたトリノの遊びに感覚を刺激され、自由な感情を持つまでになっていた。トリノに着いたばかりの書簡をもう一度見ておこう。

トリノはご存じですか？　私の心に適《かな》った都会です。しかもただひとつの都会です。落ち着いた、ほとんど荘厳な都会！　歩いてみても眺めてみても、古典的な土地です（それは立派な舗道と、一切が一つになる黄色と赤褐色との色調とによるものですが）！　すぐれた十八世紀の息吹きです。私たちの感覚に語りかけてくる宮殿――ルネサンス風の城ではありません。〔……〕

私のところから五十歩のところには、カリニャーノ宮殿（一六七〇年）があり、それは私の壮大な相手です。さらに五十歩のところには、カリニャーノ劇場がありまして、そこではまことに尊敬すべき『カルメン』が上演されているところです。天井の高い歩廊は、一気に行くのに三十分もかかります。ここのすべてはのびのびとした出来ばえです。とくに広場がそうでして、都会《まち》の真ん中に立ちますと、自由の誇らしい感情が湧いてきます。

（一八八八年四月十四日、カール・フクス宛ての手紙）

十九世紀半ばのトリノは、サルディニア王カルロ・アルベルト（一七九八‐一八四九）とその後継ぎのヴィットリオ・エマニュエーレII世（一八二〇‐七八）がイタリア国家統一運動（Risorgimento《リゾルジメント》）に熱心であったせいで、この運動の中心地だった。一八六〇年にはカリニャーノ宮殿で初めてのイタリア議会が開かれているし、六一年から六四年までイタリアの首都になっている。

ニーチェが訪れた頃のトリノにはもはやそのような国家主義の熱気はなく、逆に国家の枠を越えて「のびのびと」異国の文化を楽しむ風情があった。フランスの作曲家ビゼーの歌劇『カルメン』がカリニャーノ劇場で上演されていたのも、その一例である。国粋主義者で反ユダヤ主義者のヴァグナーの楽劇をドイツ的で重苦しいと非難していたニーチェ、ヴァグナーの対蹠地にビゼーの『カルメン』を置きその音楽の軽さを称えその角度から『ヴァグナーの場合』を執筆していたニーチェには、この上演は自分への歓迎のように、自分の思想を肯定する祝賀行事のように思えた。

また、ニーチェの住まいに近いカステロ広場からポー通りにかけて、十九世紀パリのカフェー文

シュバルピーナ回廊

化を取り入れた新古典主義の瀟洒《しょうしゃ》な喫茶店が立ち並ぶが、この異国趣味にもニーチェは軽さと自由を感じていた。彼の住居のすぐ真下にあるシュバルピーナ回廊に対しても同様である。四階まで吹き抜けで天井がガラス張りのこの開放的な空間にはバロックと古典の折衷主義的な装飾がほどこされている。そこはニーチェをして「僕の知っているうちでは最も美しい粋な場所」(一八八八年十二月十六日、ペーター・ガスト宛ての手紙)と言わしめた所だ。夜になるとこの回廊で若者がギターを奏《かな》でロッシーニを歌って、ニーチェを喜ばせた。

三

それにしても、どうしてニーチェはトリノの秋の光景をクロード・ロラン(一六〇〇-八二)の絵画に結びつけるのだろうか。まず、彼がロランの絵のどこに魅力を感じていたのか考えてみよう。クロード・ロランは、ニコラ・プッサン(一五九四-一六六五)と並んで、古典主義のフランス人画家に分類されている。彼の絵のほとんどは風景画だが、純粋な風景画ではなく古典主義絵画特有の「物語絵画(la peinture de l'histoire)」の面を持っている。それ故、「物語風景画(le paysage historique)」と呼ぶ人もいる。

物語絵画の特徴は次の点にあると言ってよい。聖書、ギリシア・ローマの神話、古代ローマ時代の文芸作品等の重要な一場面を絵画で表現する。もっと立ち入った言い方をすると、物語の場面に込められた意味(例えば人間の罪)あるいは教訓(傲《おご》るなかれ)——これらはいつの時代においても価値をもつ永遠で普遍的な意味、教訓だ——を絵画によって語る。物語の意味を主人、権威とみなし、絵画をその従属者、表現手段とみなす。およそこういった点に特徴がある。そして表現技法の面では、古典主義絵画は明晰な輪郭、色調を重んじ、幾何学的秩序つまり遠近法を尊んだ。

同じ古典主義画家に分類されるといっても、プッサンとロランの作風には本質的な相違がある。プッサンの絵は叙事的だ。意味を語るという面が強い。表現技法においても正統的古典派である。逆にロランの絵は抒情的であって、作品と鑑賞者は感性の次元でコミュニケートする。

ロランは遠近法を遵守した。プッサンよりも遠近法に執着し、前景から後景への奥行きを強調した。そこには幾何学的秩序以上の何かを描こうとする意図がある。

ロランの絵の前景には多くの場合、物語上の人物が置かれている。その背後は広大な自然の風景だ。この風景を特徴づけるのは、水平線に昇りつつある、もしくは沈みつつある太陽。大きな青空とそこを横切ってゆく雲。古代の寺院・宮殿の廃墟。大河の流れや海のさざ波。季節としては秋が比較的頻出する。要するに、動きつつあるものがロランの風景の特徴なのだ。永遠性とは逆のもの、時とともに変化してゆくもの、消えてゆくものが強調されているということである。しかもこの変化は利那的なはかなさを帯びている。過ぎ去ってゆくという瞬間の移ろいの切なさを湛《たた》えている。そこにはもはや人間が作り出す意味も教訓もありはしない。人間の善悪の価値判断を離れた自然界の自律的な動き、沈黙した動き。ただそれだけがあるのだ。

ロランの絵において、永遠の存在である前景の物語上の人物は、厳密な遠近法によって、ただ移ろってゆくばかりの無意味な自然に結びつけられ、吸収されつつある。もとより、ロランの描く物語上の場面、人物には、意味が稀薄だ。あっても、この自然の移ろいに対応したものが多い。つまり、人物たちが後景の風景を詠嘆しつつ見やっている図だとか、イエスの家族のエジプトへの逃避、シバの女王の出帆、海へ連れ去られてゆくエウロペといった後景の大自然への移動を表現した図が目に付く。

ロランの絵の色彩は明るく澄み渡っている。しかしプッサンの色彩のような冷たさはない。自然の移ろいの刹那的なはかなさと呼応しあって、ロランの明るく透明な色彩は、幸福な悲しさとも言うべき微妙な抒情を醸し出している。明るく澄んだまま変化し消えてゆくからこそ漂う哀切さ。ちょうどモーツァルトの長調の曲に聞かれる憂愁がロランの絵にはある。それがこの画家の作品の深奥の魅力だろう。

この幸福な悲しさは、前景の人物たちが名も分からないただ死すべきだけの人間で、しかも屈託なく陽気に踊り戯れているときには、いっそうはっきり感じられ、見る者の心を強く打つ。ニーチェは一度そのようなロランの絵を目にし、心に焼き付けていた。

四

クロード・ロランに言及しているニーチェの最初の文章は、『人間的な、あまりに人間的な』の続篇『漂泊者とその影』(第一部の一七一と一七四の断章)、およびその頃の草稿に遡る。この当時、つまり一八七九年頃にすでにニーチェがロランの実物作品を見ていたかどうかは定かでない。この頃のニーチェはエッカーマン著『ゲーテとの対話』にあるゲーテのロラン頌に影響されていたふしがあるが、ロランの絵に対してもゲーテと同じく画集(白黒の粗末なエッチング複製画)で満足していたのではあるまいか。色彩に関する記述がないのも気になるところだ。

ニーチェが確実にロランの実物を見たのは一八八三年五月のローマ滞在のときだったと思われる。友人のフランツ・オーヴァーベックに宛てた五月二十日付けの手紙を読んでみよう。「本当のところ、厳密に言うと僕の健康はローマからまだいかなる益も得られずにいる。大都市は僕の欲求の対蹠地にさえある。（……）エピキュロスとブルータスの古代の頭像に僕は考えさせられるものがあった。クロード・ロランの三枚の風景画に対しても同様だ。しかし結局、今の僕は、兄弟や友に語りかけるように僕に語りかけてくれる精神だとすぐに分かるようなものを何一つ見出せずにいる。」トリノと違い、ローマの空気はニーチェの身体にあわなかった。気持ちの面でも塞《ふさ》いでいる。失恋に終わり自殺まで考えた前年のルー・サロメとの恋愛沙汰がまだ尾を引いているのだろう。ローマのニーチェはすべてから逃避し完全な孤独に閉じ籠ろうとしている。「世界逃避（＝Weltflucht、隠遁《いんとん》の謂）」、先の書簡にあるニーチェの言葉だ。

このような外部に開けてゆかない姿勢では、クロード・ロランの風景画を前にしても「語りかけてくれる精神」を見出すことはできない。そもそも、自分の悲しさで重くなった人間にロランの幸福な悲しさは語りかけてこない。自己から出て、あれこれ事の善し悪しを論ぜず人間的な意味を付与しなくなったときにこそ、人はロランの流れる抒情と交わることができるのだ。

ローマで無感動に終わったニーチェのロラン鑑賞は、しかし、「考えさせられるもの」を得るほどじっくり見たという意味では、つまりロランの絵画を脳裏に深く刻んだという意味では貴重な体験だった。五年後、彼がトリノの秋の風景を前にこれはロランの絵だとすぐさま言えるほどロランの絵を意識のスクリーンに鮮明に焼き付けたのは、ローマでのことだったのである。

個人コレクションを別にすれば、ローマでロランの作品を鑑賞できるのはドーリア・パンフィーリ美術館だけである。ティツィアーノ、カラヴァッジョら大家の作品とともにロランの絵も五点ここに所蔵されている。その五枚のうち特に目を引くのはロラン中期の一大傑作『踊る人物のいる風景』だ。

この絵は、現在ロンドンのナショナル・ギャラリーにある『イサクとリベカの結婚』の画家自身による忠実な再表現《レプリカ》である。旧約聖書の「創世記」第二四章の末尾にはイサクがリベカと出会い彼女を妻にめとる記述があるが、その個所とロランの描く場面との結びつきはきわめて稀薄だ。標題にそのように記されていなかったのならば、誰が見てもそれが旧約聖書の一節の物語絵画だとは分からない。ドーリア・パンフィーリの『踊る人物のいる風景』は完全に聖書から離脱していると言ってよい。描かれている踊る男女、その回りで手を叩いたり話に興じている人々は、無名の死すべき人々であって、この絵はその意味で、踊る農民たちを描いたロランの幾点かの非物語絵画と内容を一にしている。

画面の背景には大河が流れ、小舟で釣をする人々が見える。水車が細かい水しぶきをあげて回り、その後ろには廃墟となった円塔がそびえる。季節は秋。傾きかけた午後の暖かい陽差しに、黄色くなりはじめた木々の葉が映えている。淡く澄んだ青空に雲が流れる十月の好日だ。

ニーチェがクロード・ロランの絵だと言ったトリノの十月の光景を彼の言葉でもう一度確認しておこう。「燃えるような黄金につつまれた素敵な樹木の容姿、空と大河は淡い青色、清澄きわまり

クロード・ロラン「踊る人物のいる風景」(1648年頃)

なき大気」、これはそのまま『踊る人物のいる風景』の世界だ。ローマ近郊の様々な眺めから想を得たロランの「理想風景」は、この絵に関する限り、ニーチェがよく散策したポー河沿いの自然豊かな風景に近似している。

ニーチェは、ロランの風景画に対して幸福な哀愁を感じるとは一度も語っていない。トリノの秋に対しても同様である。これはこの種の悲しさに対する真正な態度だと言えるだろう。この憂愁は刹那的なのだ。瞬間的に感じられ、消えていってしまうものなのである。悲しいと少しでも思い続けると、それはもう、すべてが変わりゆくこの世界のなかで寄る辺なき身となっている自己、そういう自己への意識に転じてしまう。各人の本質的な孤独。風のなかで個人として生きることの根源的な寒々しさ。モーツァルトのイ短調のピアノ・ソナタやト短調の弦楽五重奏曲がこれをよく表わしている。端的に、人間的な悲しさ、あるいはロマン派的哀愁と言ってもよい。トリノの春のニーチェもそのような思いにしばし襲われた。

なんと一切が走り去っていくのでしょう！　なんと一切がはなればなれに走っていくのでしょう！　なんと生活がひっそりとなってゆくのでしょう！　私をよく知っていてくれるような人間は、どこにもおりません。私の妹は南アメリカにいっております。だんだん手紙をよこさなくなりました。けっして老け込んだわけでもありますまいに!!　私はただの哲学者にすぎません！ただ道から離れているだけです！　ただ道から離れて迷惑をかけているだけです！

（一八八八年四月十四日、カール・フクス宛ての手紙）

五

最後のニーチェはもはやこのような弱音を吐かない。『この人を見よ』には矜持《きょうじ》に満ちた発言が散見される。いわく、「なぜ私はかくも賢明なのか」、「なぜ私はかくも良い本を書くのか」。自分の不遇を説明するときも、道から外《はず》れてしまったなどという表現はしない。「私の課題は大きいのに私の同時代人は小さく、両者の関係が不釣合であるために、結局、私の言を聴く者はなく、私の書いたものに誰も目を向けさえもしないという事態に立ち至ってしまった。」このほかにも、トリノの露店で葡萄を売る老婆がえりすぐって一番甘い房を自分に寄こす、「哲学者たるものざっとこれくらいにならなけりゃあ駄目である」といった調子の自慢話も挿入されている。

これらのニーチェの言葉はどれも悲しい。悲しいと言っていないだけに、つまり完全に陽気で尊大であるだけに、悲しいのだ（今、筆者は「悲しい」と綴ることによりニーチェの存在が醸しだす幸福な寂寥感を裏切っている、だが私は書かずにはいられないのだ）。この悲しさは、ロランの絵のなかのあの幸福な踊る男女が感じさせる悲しさである。その背景の流れゆく自然界の悲しさである。遊ぶこの世の哀切さと言い換えてもよい。

このあたりで、ニーチェが遊びの概念をどう捉えていたのか整理しておこう。

まず重要なのが、古代ギリシアの哲学者ヘラクレイトスの断章である。「時間《アイオーン》は将棋の駒を動かして遊ぶ童児なのだ。童児の王国なのだ。」（断片五二）ニーチェの解釈は次のとおりである。一八七三年に書かれた『ギリシア人の悲劇時代における哲学』の一節だ。

いかなる道義的責任も問われることなしに、永遠に等しい無垢のまま、生成と消滅、建設と破壊をいとなむのは、この世にあってはただ芸術家と小児の遊戯だけである。そして小児と芸術家が遊ぶように、あの永遠に生きている火も遊び、築いてまた崩すであろう。無心に——そしてこの遊戯を永劫《アイオーン》の時は自分を相手に戯れるのである。

ヘラクレイトスとニーチェが語る時間の概念アイオーンは、時計の計測単位で表わされる時間ではなく、自然界の万物がその誕生と死によって体現している巨大な流れのことである。それは、子どもの遊びのように、何か確乎とした根拠から、それへの信念から発する動きではなく、また結果についても善悪の道義的責任を知らない。ニーチェのいう遊びとはまずこのような無動機的で、人間の道徳観・価値観とは無縁の世界の流れのことだ。

次に重要なのが、一八八三年二月に書かれた『ツァラトゥストラはこう語った』の第一部第一章「三様の変容」にある次の言葉である。

小児は無垢である。忘却である。新しい開始、遊戯、おのれの力で回る車輪、始源の運動、「然り」という聖なる発語である。

そうだ。わたしの兄弟たちよ。創造という遊戯のためには、「然り」という聖なる発語が必要である。そのとき精神はおのれの意欲を意欲する。世界を離れて、おのれの世界を獲得する。

ここで注目したいのは「然り」という肯定の言葉をニーチェが重視していることだ。遊びは肯定する。この世のすべてを肯定する。ニーチェはこの肯定の精神を人間の「三様の変容」の最終段階に見立てていた。第一段階は、駱駝《らくだ》の精神で、与えられた任務、命令を、どんなに重荷であっても、諦念と畏敬の念から担ってゆこうとする。第二段階は、獅子の精神で、自由への欲求から、義務を命じる神と闘争する。獅子は神に対して「否」と言うことができるが、新しい価値を創造することはできない。

この「三様の変容」の問題は、誰よりもまずニーチェ自身の問題だった。八三年の『ツァラトゥストラ』第一部から八八年秋の『この人を見よ』までのニーチェの課題は、どうやって獅子の精神を脱して小児の精神に至れるか、いかにして否定の批判的・闘争的精神から肯定の創造的・遊戯的精神へ、テーマで言えば「権力への意志」から「遊び」へ高まってゆけるかにあった。

ニーチェは『この人を見よ』においてやっとこの進展の終局に達したわけだが、その際彼のとった戦略は自分自身の固有の生から哲学を立ち上げるというものだった。そして彼の生はすでに、彼にとって最も快い都市トリノの上に立っている。「この都会は実に平穏で、私の本能をくすぐります。」(一八八八年四月十日、ゲオルグ・ブランデス宛ての手紙) トリノは彼の感覚を刺激し、彼のなかにある情念《パトス》を、「複数の魂たち」を、彼に内在する自然を表出させ外の自然と同じように遊ばせた。

自伝的作品に取りかかったからといって、そこに作者の自己閉塞を見てはいけない。『この人を見よ』の「なぜ私はかくも怜悧なのか」の章には彼の生の具体相に関する事柄が書かれているが、その記述はそれ自体で、生に敵対する考え方を覆す力を持つものだった。ただし転覆の捉え方にはまだ到らぬところがあるのだが。

以上に言及して来た取るにも足らぬ事柄——栄養、土地、気候、休養、すなわち我欲に関する決疑論〔＝穿鑿、あら探しの謂〕のすべては、じつは、従来重要と看做されてきたあらゆる事柄よりも、はるかに想像を絶して重要なのである。人々は今まさにこの点において、頭を切り換えることを始めなくてはならないときであろう。人類がこれまで大真面目に考量して来たことは、そもそも現実の存在でさえあるまい。単なる空想である。もっと厳密にいえば、病的な、最も深い意味において有害な人々の劣悪な本能から発した嘘の数々である。——すなわち「神」「霊魂」「徳」「罪」「彼岸」「真理」「永遠の生」などの概念のすべてが、嘘なのだ。……にも拘らず人々は、人間の本性の偉大さ、人間の本性の「神的性格」を、これらの概念の中に探し求めて来たのだった。……そしてそのおかげで政治、社会秩序、教育などのあらゆる問題は、底の底まで偽造されてしまい、結果的に、最も有害な人物が偉大な人間と受け取られるようになったり——いわゆる「ささやかな」物事、私に言わせれば生の基本要件を、軽蔑することを教え込まれたりするようになったのである。

（『この人を見よ』）

この文面に人は容易に善悪の二項対立を見出すことができる。一方には、これまで人類が大真面目に考量してきた諸概念、ニーチェによって嘘とみなされている諸概念（「神」「霊魂」「徳」「罪」等々）、他方には日常の「ささやかな」物事、ニーチェによれば生の基本要件。ニーチェはこれまでの人類の歴史に逆らって、この二項のうち後者の項に人間の本性の偉大さ、人間の本性の「神的性格」を探し求めようとしている。ということはニーチェはまだ獅子の精神の段階にいるということではないのか。これまでの神に「否」をつきつけて闘争しつつ、自分では何も新たには創造していない、真の構造改革をしていない、つまり別な概念をもってきてそれが神だと言っているのにすぎないのではないだろうか。頭を切り換えること、後期のニーチェが好んだ用語で言えば「価値の転換」が本当には実行されていないのではあるまいか。根本的に彼は善悪の此岸に留まっているのではなかろうか。

六

実のところ『この人を見よ』においてもまだニーチェは獅子の精神から完全には離脱できていない。小児の精神へ入りかけているところでこの作品は書かれている。それだからこの書物を好意的に読み解こうとする者は、出てゆきかけている古い世界のしがらみを強調するよりは、ニーチェのいまだ覚束《おぼつか》ない新たな足どりの真意を汲んでゆくことに徹するべきだろう。

彼の遊びの概念の特徴的な要素として、すでに無動機的で非道徳的な世界の流れ、および全面的な肯定をあげておいた。あと二つ指摘しておかねばならない。一つは無動機的とも関係するが、遊びは目的を持たないということ、目的を成し遂げる行為とは違うということである。もう一つは遊びは内から溢れ出てくる過剰なエネルギーによって導かれるということである。

ニーチェは『この人を見よ』で強弁している。「何かを〈欲する〉とか、何かを得ようと〈努力する〉とか、何らかの〈目的〉や〈願望〉を絶えず忘れないでいるとか——こういったことを私は経験的に知らない。」これもまたこの作品の基調になっている陽気な矜持の一表現だが、少し踏み込んで考えてみると、遊びとは目的を設定していない行為、他動詞ではなく自動詞で表現される行為、つまり何か自分外のものを動かすのではなく、自分が動く、ただそれだけの行為を指す。喜ぶ、笑う、踊る、歌う、歩く。ニーチェが好んだ身体の行為だ。当然のこと、これら自動詞的行為においては主語と直接目的語との間の二項対立は生じていない。それればかりか、主語そのものも定めなく動いているために一つの項を形成しない。信仰の対象となる確乎たる根源、作用のしっかりした源、つまり神を形成しないのだ。

かつて西欧において主語は神によって占められ、神が被造物を動かすと考えられていた。近代になると主語は人間によって占められ、人間が神のごとく多くの対象を自在に動かすようになった。長い歴史を持つこの他動詞的で神学的な構造の専制を覆そうとしたのがニーチェの自動詞的な遊びの行為にほかならない。だが、覆すというのはいまだ否定の行為であり、既存の権威と闘争する獅子の精神なのではなかろうか。

いや、そうではない。ここが難しく、また新たなところでニーチェの足どりはにわかに心もとなくなるのだが、要するに神としての主語「私」は遊びのなかで死につつあり、同時にその自由闊達な振舞いの余波を受けて、これと齟齬する既成の概念たちも滅ぼされてゆくということなのである。河が増水して岸が削られる光景、あるいは突然の洪水によって樹木が倒されてゆく光景を想像してほしい。この転覆は自律的な気まぐれの結果、自動詞的な遊びの結果、間接的に生じているのだ。

その物体を倒そうとして倒しているのではない。否定、批判の対象として或る物を措定して破壊しているのではない。エネルギーが溢れてしまったために自然とそうなってしまったのである。トリノのバロック様式もこれにあたる。古典様式を否定しようとしたのではなく、古典様式から溢れ出ることによりこれを壊してしまったということなのだ。古典主義から逸脱するクロード・ロランの刹那的抒情についても同様である。

　ニーチェはこのような溢れ出る破壊の所作を「ディオニュソス的なもの」、あるいは「悲劇的パトス」と呼んで自分の哲学者の姿勢として引き受けた。もはや対象を否定するのではない。対象を肯定しつつ滅ぼしてしまうのだ。滅ぼされてゆくその対象に哀惜の念を覚えつつ、滅ぼすその所作を寿《ことほ》ぐのである。「充満から、漲《みなぎ》り溢れる過剰から生まれた一つの最高の肯定の方式、苦悩や罪に対してさえ、生存におけるあらゆるいかがわしいものや奇異なるものに対してさえ、留保なしに然《ヤ》りと言う態度。」「生が自らの無尽蔵を愉しみつつ、その最高のタイプを犠牲に捧げている最中における生への意志——これこそ私がディオニュソス的と呼ぶものにほかならない。」（いずれも『この人を見よ』から、後者の文は『偶像の黄昏』が初出）

ジョルジュ・バタイユが好んで自著に引用した断章も読んでおこう。

　天性悲劇的な人物たちが滅んでゆくのを見てそれでもなお笑えるということ、彼らを理解し彼らに共感し共鳴しているのに超然として笑えるということ——これは神的である。

（一八八二年夏—秋の遺稿断章）

一九四四年三月パリで開かれた「罪についての討議」の最後でニーチェの笑いが問題になったとき、バタイユは、「トリノでもまだニーチェは笑っていたのだろうか、私には確信がない」とするガブリエル・マルセルに対して、「私は逆にニーチェはそのとき笑っていたのだと思う」ときっぱり答えている。

一八八九年一月初頭、ニーチェは半狂乱のなかでディオニュソスと署名した書簡をヨーロッパ各地の知人、友人に向け発送した。ニーチェは自分が滅んでゆくのを感じながら、それでもディオニュソス的に笑い続けていたのかもしれない。

『この人を見よ』の最終行でもニーチェは自分をディオニュソスと規定している。秋のトリノの大気に誘われて、ニーチェはディオニュソス神のごとく喜び、笑い、踊り、歌い、歩いた。「筋肉もまた共に加わって祭典を祝っていないような思想は、信用しないことなのだ」(『この人を見よ』)という言葉どおり彼は、自分の身体的体験とともに、それをベースにして、この自伝を書いた。

冒頭にも述べたごとく彼はこの著作を賭けようとした。ニーチェの遊びの要素として最後に賭けをあげておこう。自分を知らしめるという要請のほかに、トリノで遊ぶ彼には、生の最高のタイプであるこの著作を「犠牲に捧げ」たいという欲求が働いていた。すべてを偶然のうちに生み出し滅ぼしてゆくこの世界に自分を預けてしまいたいという欲求。賭けは運命愛であり、大地への愛であり、戯れる生成界への応答である。

トリノの風のなかへ、クロード・ロランの風景のなかへ、ニーチェは自伝を投げ入れようとした。もとより、『この人を見よ』のこの人、遊ぶニーチェは、父(=神)としては死し、ただ母(=大地）としてのみ生きようとしている。軽やかで陽気ではかないこの著作の魅力は著者が大地に成り変わりつつあり、作品が風のなかへ放り込まれつつある点に由来している。

＊引用文中のニーチェの書簡は、コリ－モンティナリ版の原典を確認しつつ、ちくま学芸文庫『ニーチェ全集』別巻2（塚越敏・中島義生訳）を若干改訳して使用した。『この人を見よ』は、白水社版『ニーチェ全集』第II期第四巻（西尾幹二訳）を使用した。なお、ド・ブロスの書簡、一八八三年五月二十日付けオーヴァーベック宛てのニーチェの書簡、および一八八二年夏－秋のニーチェの断章は拙訳である。

聖なる暴力

ニーチェ、バタイユとともに

一

湖水を行く船の甲板の席で、私は、午後の執拗な日差しに照らされていた。夏のイタリアの陽光は、二時過ぎからが本番で、肌がみるみる焼けてゆく。マジョーレ湖に浮かぶ三つの島、ボッロメオ諸島を周遊して、私は、ストレーザの港へ戻る航路にいた。

最初の島、イゾラ・ベッラ（美しい島）は島全体がバロック様式の宮殿と庭園でできている。南のストレーザの方角から眺めると、段状に張り巡らされた庭園の岩石が目立って、要塞か、あるいはメキシコ・アステカ文明のピラミッド神殿を思わせる。樹木や草花も豊富にあるのだが、自然性よりも人為性が強く感じられるのだ。

ストレーザの港とイゾラ・ベッラ

庭園のなかを歩いていたときも、私は、その過剰な装飾（色鮮やかな花々と香りの強い灌木を配した花壇、到る所に置かれた表現過多の彫刻、そしてそここを跳び回る孔雀たち）に人間のうっとうしいほどの表現意志が感じられて、辟易《へきえき》としてしまった。

イゾラ・ベッラの宮殿と庭園はそのほとんどが十七世紀のイタリア人たちの制作である（ミラノ貴族で領主のボッロメオ伯爵カルロ三世、建築家アンジェロ・クリヴェッリ、ミラノの石工・彫刻・装飾職人連合のヴィスマラら）。彼らは先行の世代の偉大な所産を意識しないわけにはいかなかっただろう。

十五－十六世紀のルネサンス期のイタリア人は、古代ギリシア・ローマを手本に、調和と均斉、厳密な幾何学性をもった芸術作品を次々に生み出していった。

イゾラ・ベッラを制作した十七世紀のイタリア人たちは、この先行世代の理性主義的な美学に何がしか息苦しさを覚えていたのにちがいない。彼らは、先人の理性主義の枠組から抜け出たいと欲しつつ、その欲望を自由には表明できずにいた。偉大なルネサンス人への彼らの強い意識が、彼らの欲望の発露を歪《ゆが》んだものに、不自然なものに、人間臭いものに、変質させてしまったのである。

批判意識、羨望、劣等感、讃嘆の念。先行世代への感情は様々あっただろう。おそらくこれら矛盾した心理の全てが同時に彼ら十七世紀イタリア人の心の中に巣くっていたのにちがいない。が、ともかくそれは、彼ら自身の感情、彼らの自我の意識だったのだ。それだから、イゾラ・ベッラの庭園は、灰汁《あく》の強い屈折した人為性で充満し、息詰まるほどに人間臭くなってしまったのである。

イゾラ・ベッラのすぐ隣りはイゾラ・デイ・ペスカトーリ（漁師たちの島）で、民家が蝟集して

イゾラ・ベッラの眺め

イゾラ・マードレの眺め

いる。

そこからさらに十分ほど船に揺られると、イゾラ・マードレ（母の島）に着く。そこもまたボッロメオ家の所有で、宮殿と庭園だけで占められている。だが庭園は、イゾラ・ベッラとまったく違って、イギリス式の自然風庭園だった。

十八世紀のイギリスで生まれたこの流派の庭園は、あるがままの自然を、その多様性を、できる限り反映しようとする。十九世紀のボッロメオ伯爵ヴィタリアーノ九世は、イゾラ・ベッラ同様の石の雛段《ひなだん》状の囲壁を取り壊して、マードレ島全体を多様な樹木が繁茂する森林に作り変えた。そのなかの遊歩道を歩いていると、深い解放感に浸ることができる。自然と直接に対話ができるのだ。むろん人為性が皆無というわけではない。人間の意図はある。ただしその厚みは薄い。あるいは軽かったりする。笹の林にさしかかったとき、私は、その軽薄な東洋への意識に思わず笑いだしてしまった。

二

ストレーザには年配の保養客が多い。イタリアよりもむしろドイツ、さらにはスコットランドから、大型バスに分乗して彼らはやってくる。おおむね夫婦づれで、でっぷりと太り、赤ら顔。陽気に言葉を交わす彼らを見ていると、高齢にもかかわらず、生命力の強さを感じさせる。ストレーザへ戻る遊覧船の甲板も、そのような賑《にぎ》やかな老人たちで溢れかえっていた。

私は、ボローニャで開かれた学会（フランス語哲学会連合第28回国際大会）の帰りにストレーザに立ち寄ったのだが、自分のおこなった発表のことがまだ気にかかっていた。自分でも釈然としないところが残っていたのだ。「哲学と平和」という共通テーマで開かれた今回のその学会で、私は「聖なるものは平和に貢献するのか」という題で発表したのだった。取り上げた思想家は、ニーチェ、バタイユ、三島。貢献する可能性を持つ、というのが私の結論だった。

発表に至るときまで終始私の念頭にあったのはニーチェのことだった。詳しく言えば、永井均氏のみごとなニーチェ論『これがニーチェだ』（講談社現代新書）の冒頭にある考察が私を触発し続けていた。

永井氏は主張する。なぜ人を殺してはいけないのか、という問いに対して、ニーチェは、人を殺して自分の生の悦びが得られるのならば、殺すべきだと答えた人なのだ、と。その際、相互性の原理（自分や自分が愛する人が殺されるのが嫌なのならば、自分が人を殺すことも嫌がられる――だから人を殺してはいけない）は、永井氏によれば、「それ自体が道徳的原理であるがゆえに、究極的な説得力を持たない」（同書、二三頁）ニーチェは既存のいかなる道徳原理をも疑い、その根源へ溯ったと永井氏は見る。「何よりもまず自分の生を基本的に肯定していること、それがあらゆる倫理性の基盤であって、その逆ではない。それがニーチェの主張である。」（同書、二三頁）

私はこのニーチェ解釈に疑問を覚え続けていた。ある意味で永井氏の言うとおりなのであるが、しかしまたニーチェにはまったく別な面があり、そちらの方が重要なのではあるまいか、新しい思想の可能性を含んでいるのではあるまいか。相互性の原理は道徳的原理だけなのだろうか。自分の生の悦びが得られることを、それだけを、ニーチェは重んじていたのだろうか。自分の生の肯定だけが倫理性の基盤なのだろうか。こうした疑問が私の学会発表の出発点にあり、原稿を書いているときもその論旨の方向を決定づけていた。

永井氏の解釈はニーチェの「権力への意志」説に対応していると思う。この教説がはらむ非民主性は今は問わずにおく。非民主的だから、ファシストたちを喜ばせたから、「権力への意志」説は批判されるべきだという立場は今私はとらない。私が問題にしたいのは「権力への意志」説を支える構造だ。プラトン、キリスト教、西欧近代を貫く欺瞞としてニーチェがあれほど執拗に批判した一神教的発想が、「権力への意志」説の屋台骨になっているという点なのである。

一八八八年に書き上げられた『アンチクリスト』の冒頭近く(第二節)でニーチェはこう宣言している。

善とは何か?――権力の感情を、権力への意志を、人間のうちにある権力そのものを高めるいっさいのもの。

悪とは何か?――弱さに由来するいっさいのもの。

(西尾幹二訳、白水社イデー選書、一六二頁)

こうはっきり善と悪を固定するニーチェに人は驚くかもしれない。これが本当に『善悪の彼岸』の作者の言葉なのだろうか、と。ニーチェの考えでは、既存の善(弱さに由来するいっさいのもの）と悪（権力への意志を高めるいっさいのもの）を逆転させたことが画期的なのだということになる。だがこの発想においては、善と悪を設定し、その善を肯定し尊びつつ悪を否定し排除しようとする西欧伝来の神学的構造がそのまま温存されている。「権力への意志」を語るニーチェにおいて神はまだ死んでいないのだ。

では、どうしてそうなってしまったのかというと、その原因は、ニーチェがいまだ自我の思想、個の思想に執着していたことに求められるだろう。

個か普遍かという問題設定に身を置きながらニーチェは、普遍的に成り立つ善という発想に強い嫌悪感を表明していた。『アンチクリスト』の第十一節にはこうある。「徳というものは、われわれ各個人の発明でなければならない。われわれの最も私的な正当防衛、生活必需品でなければならない。〔……〕われわれの生を前提としていないようなものは、生に有害である。〔……〕普遍妥当にして私心なき性格の善――こういったものは、脳髄に宿る幻想でしかない。これによって表現されるのは生の衰退であり、生の最後の無力化」である。「〔生の〕保存と成長のための、最も意味深い掟が命ずるものは、まさしくその正反対、なにびとも自分の徳、自分の定言命法を発明せよ、ということだ。〔……〕生の本能に動かされてする行為は、それが正しい行為であることを、快感において証明する。」（前掲書、一七一－一七二頁）

ニーチェによれば、独自の自我があるということは、その人の生の力強さの表われなのである。この力強い生の持ち主は、自発的に、自分自身にとっての善、自分自身にとっての悪という価値定立をおこなう。百人の生命力豊かな人間がいれば、百様の善、百柱の神が定立されることになるだろう。一見して多神教の様相だが、各個人においては善と悪の確立している一神教の神学的構造が存在していることになる。そして今引用したニーチェの最後の文言を考え合わせるならば、この百人のなかの或る個人が、自分の力強い生の本能に動かされて、人を殺すことに快感を覚えた場合、殺人はその個人にとって、善に、正しい行為に、神の業《わざ》に、なってしまうことになる。この限り、ニーチェをもって殺人肯定論者とする永井氏の解釈は正鵠を得ていると認めなくてはならない。

だが他方で、ニーチェはまったく別様に生命論を発展させようともしていたのである。

三

『アンチクリスト』のニーチェが熱心に肯定しているのは、生命力強き者の自己本位的な、独断的な、独善的な価値定立である。強者のエゴイズム。この価値定立はそう言い換えてもよいかもしれない。

ともかく『アンチクリスト』のニーチェは、生命の豊かさを、ひたすら個の存在を通して、自我の存在と結びつけて、捉えようとしている。この点で彼はいまだショーペンハウアーの近くにいると言えるだろう。

たしかに後期のニーチェは、ことあるごとにショーペンハウアーのペシミズムを批判している。苦悩をもたらすものとしてしか「生きんとする意志」の豊饒を捉えられず、最終的に苦悩から解脱をめざして「意志」の否定へ向かったこの先人をニーチェは強く断罪している。だがショーペンハウアーのペシミスティックな世界観もまた「意志（＝生）」を個と結びつけた結果なのである。盲目的で満たされぬ我欲の群れ、その果てしなき相克、闘争として人間界を見る。それがショーペンハウアーの悲観論なのだ。

とはいえニーチェはすでに『悲劇の誕生』でショーペンハウアーを上回る生命論を呈示してもいた。個体の精神の一体性が壊されることをただひたすら恐れ、悲観するのではなく、そこに無上の喜びを見出すというこの処女作の冒頭で語られている視点のことである。これは、個人の独善的な快意とはまったく性質を異にする。個でなくなることの喜び、個の外部と交流したときの喜びである。先走って言ってしまえば、ニーチェは個の思想に執着する以前から、生命の本来的な在り方が個の枠内にはなく、他との脱自的な共同性のうちにあることを直観していたと思われる。若い彼には、音楽の体験がそのような直観の得られる機会であったろう。

一八八一年八月スイスのシルヴァプラーナ湖畔における永遠回帰の宇宙的な恍惚体験も生命の共同性の体験だったとみなされうる。一八八二‐三年の冬イタリアのポルトフィーノ岬におけるツァラトゥストラ体験もそうだ（「ツァラトゥストラその人が私を襲ったのだ」）。これらに、一八八八年春と秋におけるトリノでの喜びの日常生活を加えてもよいだろう。私はトリノで書かれたニーチェの数々の書簡、そして次の文章で始まる遺稿断片をこよなく愛する。「――そして、どんなに多くの新しい神々がなおも可能なことだろう！　宗教的本能が、いいかえれば神を形成する本能が、時ならぬ時におりおり、この私自身に蘇ってくることがあるが、そのたびごとに神的なものが、なんと違った、さまざまなかたちで現われてくることだろう！　どのくらい年を取ったのか、それともまだ若いのか、まるでわからない月世界から降ってきたような、あの無時間的瞬間に、じつに多

くの奇妙なものがすでに幾度となく私のそばに近寄ってきた。」（白水社『ニーチェ全集』第II期第十二巻、二三三頁）

外部からやってくる生き生きとしたものに身と心を開いたままにしておくこと。これこそ生命の状態にあるということなのだ。このような共同性、連続性としての生命の体験からは殺人を肯定する思想は出てこない。人間とであれ、自然とであれ、ともに生きたいという欲求が生まれてくる。バイロイトで果せなかった祝祭共同体の実現をニーチェが精神の最晩年のときまで強く欲していた事実（『この人を見よ』の『悲劇の誕生』4を参照のこと）もこうした生命の体験に淵源を持つのだろう。

生命の共同体の体験からニーチェは神を、神々を、次々に形成しようとしていた。新しい概念、素晴らしい断章が彼の神々の姿だと言える。この場合、神は、一神教の神のように、固定化して支配や抑圧に貢献したりはしない。次に生まれた神に滅ぼされてゆくのだ。じっさい、今しがた引用した一八八八年春の断章の末尾でもツァラトゥストラは「老いた無神論者にすぎない」と形容されている。これは、無神論から有神論へのニーチェの移行などという単純な事態を伝えているのではない。無神論それ自体が一柱の神として信仰されてゆくことを創造行為のなかで否定してゆくという無神論的な運動を意味しているのである。

四

豊かな生命が新しいものを創造してゆくとき、既存のもの、古いものは壊されてゆく。そこに暴力が介在する。ただしこの暴力は古いものを対象化し、それを悪とみなしておこなわれる神学的な行為ではない。共同性としての生命は、自我がないのだから、善悪の価値定立をおこなわない。共同性としての生命は、自らが生みだしたものに、善悪の色彩のない聖なる暴力をふるって、これを破壊する。自然界の恐ろしい諸現象がこのことを物語っている。そして人類の歴史に起きた不幸な出来事も巨視的に見れば、人類という共同性としての生命が自らに対しておこなった聖なる暴力ということなのかもしれない。ニーチェの生命論はこの視点にまで達していたと思う。バタイユも同様だ。私は、今回の学会発表で、共同性としての生命が聖なる暴力を含んでいることをうまく語れなかった。そのような至らなさを感じながら、私はストレーザまでやってきたのだ。

ただしバタイユに限って言うと、聖なる暴力の問題は単純に論じられない面を持っている。

彼の著書『エロチシズム』では侵犯のテーマが暴力論と重なっている。バタイユはしかし「内的な暴力」を問題にし、精神の一体性を壊す欲望の力を考察している。他者との連続性を実現させる力として暴力を扱っているのだ。相手や自分に死をもたらすことは、それ故、肯定されてはいない。とはいえ「序論」の次の文章は難解だ。「私は以下の事実を強調しておきたい。すなわち、存在の連続性は存在者たちの根源にあるものなのだから、死は存在の連続性には到達しないし、また存在の連続性も死とは無縁なのだ——いや逆に死は存在の連続性を顕示しさえする、ということを。この考えは、私が見るところ、宗教上の供犠《くぎ》の基底になっているはずである。」

この引用文の後半のくだりでバタイユが言おうとしているのは、おそらくこういうことだ。つまり供犠のさなかで犠牲《いけにえ》が死に処せられるとき、供犠の参加者たちは精神の一体性が壊されて生命の共同性を実現する。死を利用して存在の連続性を生きる、ということだろう。

ここには危険な思想が隠されている。供犠の参加者たちの生命と犠牲《いけにえ》の生命の間に価値の差が暗黙のうちに設定されているのだ。参加者たちの自我がこの価値設定をおこなっている。供犠のさなかに実現されるはずの生命の連続性を彼らはあらかじめ、理性的自我が安定しているときに、善として措定してしまっているのである。「企てからの企てによる脱出」、バタイユのこの言い回しによって供犠は説明されるだろう。バタイユの熱意にもかかわらず、供犠は企ての人為性で重苦しく、不純で、聖性に欠けるところがあると私には思える。ちょうどイゾラ・ベッラの歪み、片苦しさと似たものが感じられるのだ。それに対し、彼の著書『ニーチェについて』にある偶然まかせの自然や人との交わりには供犠的な要素が稀薄で、私はますます魅力を覚えている。この交わりは、イゾラ・マードレの庭園のなかで私が知った自然との融合感と同じものだろう。

『ニーチェについて』は第二次世界大戦の最中に書かれた。大戦前にバタイユはニーチェの言葉「戦争はさしあたって想像力を最も強く刺激するものだ」に憑かれ、戦争に聖性の顕現を見ようとしたり、またエルンスト・ユンガーの『戦争、我らが母』にある戦場の描写に恍惚感を覚えたりしていたが、実際に戦争が始まってみると、近代戦争の人間的な面にうんざりしてしまっている。「戦争ははかつての私の希望を打ち砕く（機械仕掛けの政治以外何ものも作用していない）。」（『ニーチェについて』）

マジョーレ湖はヘミングウェイの小説『武器よさらば』の舞台になったところでもある。主人公のヘンリーは大義名分ばかりまかりとおる軍隊に嫌気がさして、恋人のキャサリンとスイス国境へ暴風雨のなかボートで逃避してゆくのである。

私の乗った遊覧船は逆にストレーザの港へ向かっている。その桟橋でバタイユは一九三四年春、聖なる体験に襲われたのだった。リューマチの痛みと雨にたたられたイタリア旅行の帰途、彼はストレーザに立ち寄ったのだが、そこでは陽光に恵まれ、さらに、生命の連続性を生きる好運に浴したのである。最後にそのときのことを紹介した彼の回想文を引用しておこう。

私は船の時刻表を見ようと桟橋まで行ってみた。するとそのとき、限りない荘重さを持ちながら同時に躍動的で、確信に満ち、空へ向かって叫びたてるような歌声が、信じがたい力のコーラスとなって、沸き上がったのである。たちまち私は、その歌声が何なのか分からないまま、感動に捕えられてしまった。熱狂の瞬間が過ぎてから私はようやくそれがスピーカーから流れるミサ曲であることを理解した。私は桟橋にベンチを見つけ、そこから朝の光で透明になった広大な風景を楽しむことができた。座ったまま私はミサ曲の合唱を聞いていた。〔……〕歌声は、相次ぐ多様な波のように高まり、狂ったような強さ、慌ただしさ、豊かさへ達していた。とりわけ奇跡とも思われたのは、砕ける水晶からのような光のほとばしりであった。すべてが果てるかに思える瞬間に歌声はこのほとばしりに達するのだった。〔……〕いずれにせよ、この歌声で言っておくべきことは、何ものをもってしても精神から切り離せない賛同があったということである。この賛同は、キリスト教の教義の諸点に向けられたものではまったくなかった。人間の力が達する激流の栄光、勝利感に向けられたものだったのである。

（『内的体験』第三部「刑苦の前歴」）

VI

夜の遺言

岡本太郎とジョルジュ・バタイユ

一

夜の森のなかへ、死んだ女を探しに行く。

女は枕辺を血痰で赤く染めながら、瞼を閉じ、そのまま、悲しく澄んだ表情を浮かべて、死んでいったのだ。晩秋の朝のこと。あれから十ヵ月、また秋がめぐってきた。ただし今度は大戦争の知らせをともなって。

同志たちは自分を見捨て、世界の果てへ散っていった。この森で彼らと企てた夜の密かな集いはもう二度と甦りはしないだろう。

女の亡骸は森の斜面の墓地に埋められた。

その斜面を攀じ登ってゆく。すると、二年前、女と真夜中に決行したエトナ火山登攀《とうはん》の記憶が脳裏に鮮やかに浮かんできた。明け方、疲労の果てに登頂した火口は、まさに大地の熱き裂け目で、そこからは溶岩が河となって流れだしていた。いっさいが揺れ動くこの恐ろしげな光景に女はたちまち不安に捕らわれて、ついには狂ったかのように盲滅法に走りだしたのだ。

植物で覆われているせいか女の墓石だけが黒く見える。その前に立ち、両腕を差しのべていると、女を抱き締めていたときの感覚に襲われた。そして涙が溢れ出て、もう止まらなくなる。生き残り、ものを書くことしかできなくなったこの私を許してくれ。抱擁を、死者の幻影の体験を、文字の枠のなかに置き入れる。そんなことしかできない生き方を、おまえも私もかつて一度たりと認めはしなかったのだ……。

二

一九三九年九月、第二次世界大戦が始まると、バタイユは日々の神秘的体験と省察を日記にして書き留めていった。九月十四日の日付けの断章には、前夜、ロールことコレット・ペーニョの墓に参じたことが記されている。(1) 肺結核を病んでいたロールは、一九三八年十一月七日、パリ郊外の森の町サン゠ジェルマン゠アン゠レーのバタイユの住まいで息を引き取ったのだった。

バタイユはロールを熱愛していた。両者は、本人たちが驚くほど一致して、聖なるものに対する感覚と思索を共有していた。バタイユは一九三六年に秘密結社〈無頭人《アセファル》〉を組織し、同志たちと密儀秘祭を企てて聖なるものを出現させようとしたが、この試みに向かう彼にとって、ロールとの恋愛生活は思想の源泉になっていたと言える。彼女を通して、いやもっと正確に言えば、恋愛のなかで鎧《よろい》のように固い西欧の理性的・道徳的自我を滅ぼし奔放に情念を湧出させる彼女の在り方に、そして彼の存在を弄んで死の境へ誘おうとする彼女の無垢で恐ろしい魅惑の力に、バタイユは母なる大地の魔性を感じていたのである。

〈無頭人〉の頭領バタイユは生と死を自在に操る大地の母性的魔性に憑かれていた。「人間の生は、母親の胎内の強迫観念からも、死の強迫観念からも、逃れられない。人間の生は、自分を産み出しまた自分が帰ってゆく湿った大地を否定していない限り、悲劇的なものに結びついている。最大の危機とは、暗い地底のことを、覚醒した人間たちの誕生によって引き裂かれた地底のことを、忘却してしまうことだ。最大の危機とは、人間たちが眠りと悲劇=母の暗闇のなかでさまようのをやめて、有益な仕事に完全に隷従するようになってしまうことなのだ」(一九三七年「悲劇=母」[2])。

この頃のバタイユによれば、人間の頭部の理性は、未来に目的を設定し、その実現のための「有益な仕事」に人間を縛り付ける。頭部はまたヒトラーやスターリンなど国民を強力な国家主義に従わせる独裁者の象徴でもある。そしてキリスト教神のような道徳を律する一神教の神の象徴でもある。つまり独裁者も一神教の神も、頭部のように単独で共同体(国家、宗教組織)の頂きに棲みついて、人々に隷従を強いているということである。

秘密結社〈無頭人〉は過去から現在までヨーロッパの歴史を特徴づける頭部の専制を拒絶した。そして母なる大地の力に執着し、これを密儀秘祭において生きようとした。そこには、万物流転のヘラクレイトス的世界像へ開けてゆこうとするニーチェの諸教説「大地への愛」、「ディオニュソス的なもの」、「悲劇」、「神の死」、「運命愛」、さらには神なき教会(異教的祝祭共同体)への呼びかけを実践的に継承するもくろみがあった。これは言い換えれば、「権力への意志」説を利用するナチスに対して、ナチスが嫌悪する非生産的で不吉なニーチェの地母神信仰的な面（「本能的なもの、形をなさぬもの、邪悪なもの、性的なもの、陶酔させるもの、冥界的なもの」への執着、要するに「母なるものの祭儀」への関心）を実践化して、ニーチェをナチスから奪還する試みだった。(3)

三

地母神信仰ということであれば、〈無頭人〉の密儀秘祭、とくにサン＝ジェルマン＝アン＝レーのマルリーの森で深夜おこなわれた「雷に打たれた木」の観想の儀式、そしてこの樹木の前でおそらくは挙行されていたであろう供犠は、ヨーロッパに古くからある地母神信仰を受け継ぐ行為、いやその原点に立ち返る行為だったと言える。

地母神信仰は、母なる大地への信仰の一形態として、世界各地に古くから見られる現象である。森が深かったヨーロッパ、とくにその内陸部では、地母神信仰は森林崇拝、樹木信仰として存在していた。パリ周辺域も、十一世紀から十三世紀にかけての大開墾時代に入る前までは、ナラやブナの高木が鬱蒼と生い茂る森林の連なりだったのであり、そこでは紀元前のケルト人のドルイド教に淵源する森林崇敬・樹木崇拝の習慣（一個の森林全体、そして特別な巨木を女神、母神として敬う習慣）が農民たちを中心に存続していた。

大開墾時代はまた農村域のキリスト教化が進んだ時代であり、以後、農村域では表向きはキリスト教、実生活では異教というふうに、超自然の唯一神を頂く信仰と、自然のなかに女神、母神、妖精の多様な神性の出現を見る信仰とが重層的に共存するようになっていった。一方、司教座が置かれ布教の拠点になっていた都市部でも、農村域から地母神信仰と森林崇敬をかかえて移住してきた大量の新都市住民に妥協するかたちで、聖母マリア（ノートル・ダム）信仰と柱の林立するゴシック大聖堂が現れるようになる。北フランスの諸都市に十二世紀後半から建立されだすゴシックのノートル・ダム大聖堂は森林の追憶を基調にしているのだ。

バタイユは原初の樹木崇拝に立ち返ろうとした。いや、もっと正確に言えば、樹木崇拝の原点にある聖性の体験へ、樹木や森林を女神、母神に見立てるアニミズムより以前の感覚的体験へ、遡行しようとした。当時の彼にとってフレイザーの『金枝篇』はこの遡行のための有力な手がかりだったが、ともかく彼は〈無頭人〉の同志たちにこう告げている。「ナラ［＝le chêne］と雷はヨーロッパの最古の住人たちの精神のなかでは密接に結びついていた。それらは全能さの表現だった。雷に打たれたナラは力強い神に、自分の怒りで引き裂かれてしまうような力強い神に、匹敵するものだった」(4)。

大自然は、自分が産みだしたものを、雷や嵐のような自分勝手な怒りで簡単に滅ぼしてしまう。森に囲まれて暮らしていた最古の西欧人は、ことあるごとにそのような自然界の気ままな荒ぶりを見せつけられ、深い畏敬の念に捕らわれていた。バタイユも、雷に打たれ幹を中途で失ったナラの大木をマルリーの森のなかに発見したとき、そのような思いに襲われたのだ。それはまた、ニーチェが「ディオニュソス的なもの」として唱えていた自然界の悲劇的な遊び、純粋な子供っぽさのため極度の残虐さにまで走る恐ろしげな遊びが実感できた瞬間でもあった。

バタイユは〈無頭人〉の同志たちにこの瞬間を追体験させようとした。彼らは、バタイユから事前に届けられた封書をパリのサン・ラザール駅で開き、指示書きどおり夜八時の列車に乗り、その車中でも、サン・ノン・ラ・ブルテッシュの駅からマルリーの森のなかへ向かうときにも、完全に沈黙を守り、そして沼地に立つ「雷に打たれた木」を前にしたときにはこれをまずじっと観想した。やがて二人の人物が松明を灯して持ち、そのうちの一人はさらに抜き身の小刀を別の手に持って、アンドレ・マッソン描くところの無頭人の神話的図像と同じになる。バタイユは松明の火から硫黄を燃やし始める。彼によれば「硫黄は大地の内部に由来する物質であり、そこからただ火山の開口部を通ってのみ外に出てくる。このことは、我々が追求している神話的現実の地下的特徴に相応じた意味を持つ[5]」。

バタイユは続いて暗闇のなかで呪文のようなテクストを朗誦し[6]、おそらくその後に、無頭人のナラの木の前に盛り土をして作った祭壇の上で、この共同体にとって重要と思われるものを供犠に投じた[7]。この供犠は、古代の人々のそれのように農作物の豊饒を願うとか共同体の繁栄を願うといった実利的な目的は持ち合わせていなかったはずだ。「死が透けて見える[8]」ようにするためにだけ執り行われたのである。事実上最後となる一九三九年の集いでバタイユは四人に減った参加者を前に己が身を供犠の犠牲《いけにえ》に差し出したが、執刀を引き受ける者がいなかったためこの供犠は未遂に終わっている。

この深夜の森の祭儀は、一九三七年から三九年まで、新月になるたびごとに繰り返された。岡本太郎は一九三八年の夏からこの「密会」に加わったのだ[9]。

四

岡本太郎が最初にバタイユを見知ったのは、バタイユが主催する反国家主義の政治組織〈反撃《コントル・アタック》〉の公開集会の席上でのことだった。この集会は、ピカソが『ゲルニカ』を制作することになるパリ・セーヌ河近くの大きな屋根裏部屋で、大革命時代のルイ十六世の断頭台処刑の日（一七九三年一月二十一日）に合わせて、一九三六年一月二十一日に開かれた。アンドレ・ブルトン、サドの研究家モーリス・エーヌが一席ぶったあと、最後に壇上にあがったのがバタイユだった。岡本はこのとき、バタイユの体から迸《ほとばし》る人間的なものすべてに打たれ、心身を牽引されたのだった。「情ときにバタイユ三十八歳、岡本二十四歳。「決してなめらかではない。どもり、つかえつかえ、情熱が堰《せき》にぶつかりながらあふれ出してくる、そんな感じで論理を展開して行く。ひどく純粋で、徹底的だ。筋といい、人間的雰囲気といい私にはぴたっときた。全身がひきつけられる思いがした(10)」。

岡本太郎は一九二九年、入学したばかりの東京美術学校（現在の東京芸術大学美術学部）を中退し、父母の渡欧に同行、パリに入った。父母はそのままヨーロッパ遊学を続けたが、岡本は一人パリに留まり画業に専念した。しかし日仏の生活の違い、日本で習得したアカデミックな手法とこちらの斬新な手法の矛盾、野心と使命感からくる焦りに責め苛まれて、絵が一枚も描けない日が何日も、いや何年も続いた。そんなとき、彼はパリ郊外のリセ（中・高等学校）に寄宿し、若いフランス人にまじってフランス語から歴史、数学、唱歌までフランス文化を根本から学ぶ挙にも出ている。半年後にはさらにパリ・ソルボンヌ大学でヘーゲル美学の授業を聴講しさえした。こうした試みには、日本人とばかり付き合い、西欧絵画の上澄みの摂取に自足しているパリ在住の日本人画家たちへの批判意識も働いていたようだ。

しかし転機となったのは抽象画の発見である。一九三二年十月パリの画廊で目にしたピカソの抽象画『水差しと果物皿』は彼に、風土や民族の差を越えたところで画業が展開できる可能性を教えたのだ。こうして岡本太郎は、抽象画の道へ入ってゆくわけだが、この道行きは現代の日本人留学生に通じる面を持っている。抽象性の高い文学理論や哲学的思弁の研究、あるいは草稿から作品への生成過程を実証的に追う研究は、さしあたり日仏の特殊性を度外視して、普遍的な知性のレヴェルでフランス人と渡り合える希望を抱かせる。私もそんな希望に燃えた一人だった。次の岡本の体験的発言は現在でも意味深い。「私は抽象画から絵の道を求めた。それは印象に追従したりフォーヴィスムを学ぶよりも、はるかに当時日本人としての私のロマンティスムにぴったりしたものがあったからである。この様式こそ伝統や民族、国境の障壁を突破できる真に世界的な二十世紀の芸術様式だったのだ。——ある文化の地に他の伝統を持った芸術家が来て、その土地の文化に影響されて仕事をする場合、血縁のつながりのない異邦の現実に即するリアリズムよりは、抽象的またはロマンティックなものになりやすい(11)」。

岡本太郎は一九三三年抽象画家のグループ〈アプストラクシオン・クレアシオン〉に加わり、抽象画の道を登ってゆく。しかしやがてこの登高の意味を疑い始める。抽象画の抽象性に疑問を抱くようになるのだ。純粋な抽象画とは結局、知的遊戯にすぎないのではないだろうか。具体的な事物、生きた人間、現に脈動している文化に触れてこそ、絵画は深い感動を与えられるようになるのではないだろうか。このような問いは、彼を、純粋抽象画の高台から転落させたばかりでない。画業に無批判に専念する生き方自体、彼の表現によればこの世に無数にいる「職能的画家」の生き方自体からも放逐した。

一九三七年、岡本太郎は〈アプストラクシオン・クレアシオン〉を脱会し、同年開設されたパリ民族博物館に通《かよ》ってはその展示物の「なまなましい現実の彩《いろど》り」、「むっとするほど強烈な生活感」(12)に魅せられている。三八年からはこの博物館を授業の場とするパリ大学民族学科に籍を置き、マルセル・モースの薫陶を受けている。(13)

だがこうして具体的な生の地平へ降下しても、彼は自分が良しとする絵はまったく描けずにいた。抽象の高みと生の根源性の両極に触れる絵画、あるいはこの両極に引き裂かれる絵画。一九三六年の「傷ましき腕」はその最初期の作品だが、岡本はむろんこれに満足できずにいた。「傷ましき腕」、この凝結はそれなりにひとつの完成を示した。だがそれでも、わたしの心の中の傷口、矛盾はいやされなかった。ますます傷口は裂けた」(14)。

岡本の芸術的構想力が未熟だったから、心の傷口は裂ける一方で納得できる絵が産み出せずにいたのだろうか。そうかもしれない。だがそもそも彼はまだ、具体的な生の地平を十分根源的には覚知していなかったのだ。

五

一九三八年から岡本太郎は再び絵の描けない時代へ突入する。そのときの絶望感を彼は後年〈夜の会〉の討論会で埴谷雄高を前にこう語って埴谷をうならせている。「僕はパリ時代絵かきでありながら、全然不得手な社会学や民族学や、あるいは哲学をやった時ひどい絶望を感じた。俺の一生のために民族学が何か役に立つかと思ってね。俺には実は絵しかないんだ。事実絵以外の能力は皆無なんだ。絵で身を立ててゆかなければならないのにこんなことをしていて将来立ってゆけるのかという……。恐怖なんだ。食ってゆくということから一番遠い学問をやって、それをやりながらひどい絶望感なんだ。何でこんなことをやるのかと思いながら、またやらなければならんと自分自身を命令するものが俺のうちにあるんだな。一ばん地についた平たい民族学の世界と、一番飛躍した芸術の世界だね。この二つを自分の両極として自分を育ててやってきたわけなんだ[15]」。

絵かきを志しながら絵が一枚もかけなかったパリ留学時代の末期（一九三八-四〇）、岡本太郎は絶望と恐怖のどん底にいた。だがその彼を支え励ましてくれるものもあったのである。バタイユと夜の森のなかの祭儀、そして〈無頭人〉の同志たちと読んだニーチェの文章[16]がそれである。「考えてみると、私の青春時代の絶望的な疑いや悩み、それをぶつけて、答えてくれたものは、ニーチェの書物であり、バタイユの言葉と実践であった。情熱の塊のような彼との交わりは、パリ時代のそして青春のもっとも充実した思い出である[17]」。

一九三六年一月〈反撃〉の公開集会でバタイユを初めて知ったとき、岡本はすでに純粋抽象画の高台から具体的な生の地平へ降下を開始していた。その後岡本は徐々にバタイユと親交を深めてゆくわけだが、バタイユは岡本のなかに巣くうこの否定の情熱を誰よりもよく理解していた。純粋抽象画への否定だけでなく、画布との狭い関係に閉じこもる「職能的画家」全般への否定をも岡本にう激化させるべく言葉と儀式において共有し、さらに岡本のなかでこの情熱をよりいっそう激化させるべく言葉と儀式において岡本を教唆した。

こうして岡本は夜の森のなかで生の根源的な面を体験的に覚知してゆく。大地のあの恐ろしい母性、自分が産出したものを簡単に滅ぼしてゆく奔放な戯れに覚醒してゆくのである。そしてこの覚醒は、バタイユの試みの矛盾への覚醒にもつながった。岡本は〈無頭人〉の頭領の矛盾を批判してゆくのである。

バタイユは一九三六年五月〈反撃〉が崩壊したあとに政治の活動から離れ、聖なるものをめぐる二つの組織〈聖社会学研究会〉と〈無頭人〉を結成した。岡本はこの両方に参加していた。「コレージュ・ド・ソシオロジー・サクレ［＝聖社会学研究会］がいわば外にひらいた運動として行われるのに対して、隠れた組織は誓いの秘儀に集まった。ここで詳しくは書けないが、深夜、パリ郊外のサンジェルマンの森、暗闇の沈黙の中にとり行われた儀式。私はその両面の運動の中に心身を投げ込んで行った。強烈に目ざめる思いがした(18)」。

この目ざめはバタイユ批判にもつながっていった。

だがやがて私は何ともいえぬ矛盾を感じはじめた。純粋で精神的なこれらの運動にしても、結局のところそれは「権力の意志」だ。しかし、ひたすら権力意志をつらぬこうとする彼らのあり方に、私はどうしても調整できないズレを感じるのだ。もっと人間的な存在のスジがあるのではないか。

自分の意志を他に押しつけ、実現させようと挑む。と同時に、同じ強烈さで、認めさせたくないという意志が、私には働くのだ。これは幼いころからいつでも心の奥に感じていたことだったが、いまはっきりと自覚された。理解され、承認されるということは他の中に解消してしまうことであり、つまり私、本来の存在がなくなってしまうことだからだ。認めさせない、と同時に認めさせたくない、させないという意志。それが本当の人間存在の弁証法ではないのか。

私はその疑問を率直に手紙に書いて、バタイユにぶつけ、運動への訣別を告げたのだ。この手紙はバタイユを逆に感動させ、その後も互いの友情は続いた(19)。

ニーチェの「権力への意志」説はナチスがそのヨーロッパ制覇の政治理念に利用していただけに、バタイユはことのほかこれを憎悪していた。だが彼の批判意識はいまだ甘かったと言える。〈無頭人〉の頭領などあってはならぬ矛盾なのだ。彼は頭領として自分の宗教観を、様々な禁止事項、制度、プログラムを通して、同志たちに課していた。バタイユが宗教の原基として見ていた聖なるものは、根本的に、このような個体の支配欲とは背馳する非個体的な何ものかのことなのである。バタイユはそのことを知っていたはずだ。「通約不可能なもの」、「まったくの他なるもの」と言って、聖なるものの非個体性を強調していたのだから。岡本の批判、そして岡本をはじめ次々と続いた同志たちの離反は、バタイユに聖なるものの原点へ、あの深夜の森の神秘性そのものへ、帰るよう促したと言える。

六

結局、〈無頭人〉は、第二次世界大戦の勃発とともに完全に消滅する。一人残ったバタイユは、かつての夜の森の体験を「非-知の夜」の体験へ徹底化させてゆく。マルリーの夜が彼に残した遺言を、彼は知と非-知の葛藤として実践化した。それは、意識の限界線上においてすら絶えず起きる聖なるものの認識（そうして認識された聖なるものは何らかのかたちで、「権力への意志」に貢献するようになるだろう）とこれを破砕して聖なるものそれ自体を生きようとする非-知の衝動の相克のことである。バタイユはこの限界体験を文章に綴り、『無神学大全』として発表したが、彼は創作の次元でも非-知の衝動に従い、文章を判読可能なぎりぎりのところまで破壊した。

他方、岡本太郎のバタイユ批判で注意すべきなのは、他人の権力意志へ回収されることへの岡本の拒否である。「私、本来の存在がなくなってしまうこと」への彼の危惧である。これはけっして安直な個人主義を意味した発言ではない。岡本は「人間生命の根源的渾沌」[20]に立ち返って人間と芸術を見つめていた人である。エトナ火山だけが火山の形態ではないのと同様に、生の根源的渾沌は多様な個的形態となって表出する。岡本太郎は、人にしろ芸術作品にしろ個々の形態たちが相互に自由に闘争しあうことを好んだ。それらの源泉たる渾沌を尊重していたからである。

この根源的渾沌への覚醒をもたらしたのも彼の〈無頭人〉の体験であっただろう。そして忘れてならないのは、彼の母岡本かの子の存在だ。自分の時代の道徳律をいとも簡単に破ってしまう自由奔放な情念の人。この母親のなかに岡本は神秘的な地母神を見ていた[21]。大地とのつながりを感じて

岡本太郎「夜」(1947年)

いたのである。バタイユがロールとの共生のなかで体験していた大地の恐ろしき母性を岡本は幼児のときから母親の生き様を通して知らされていたのだ。この覚知は一九三九年二月のかの子の死とともにいっそう深まったと言える。

一九四〇年、岡本太郎はマルセイユから最後の引き揚げ船で帰国する。四二年には召集を受け、軍隊と収容所で「冷凍された」五年間を生き抜き、四六年六月やっと復員する。絵が本格的に描けるようになるのは四七年になってからだ。具象と抽象に引き裂かれる彼の「対極主義」がここに再スタートするわけだが、その最初の作品「夜」はマルリーの森における深夜の祭儀を題材にしている。ただし彼はあの時の夜の聖性に、〈無頭人〉以上に忠実であろうとした。絵のなかには雷が光る森のなかに短剣を持った女性が身をそらせ挑むような姿勢で立っているのだ。彼女は供犠をおこなおうとしているのではない。夜を、放っておけば神格化されてしまう夜を、否定しようとしているのである。自身の神秘的な深さと純粋さのために絶えず自己への否定を求めているマルリーの夜の遺言を彼はこうして絵に形象化しようとした。

一九四八年には岡本太郎は埴谷雄高、花田清輝、安部公房らと〈夜の会〉を結成し、総合的な芸術運動へのりだす。もちろんそこには「権力への意志」はない。「相互の絶対非妥協性こそわれわれの推進力となるものである」[22]。最後にこの会のために寄せた岡本太郎の詩を引用しておこう。彼がいかに夜の遺言に忠実であったかが分かる。

夜を否定する――

それが「夜の会」だ。
否定されることによって、夜はいっそう暗くなる。
暗黒の深淵でわれわれは己れを凝視する。
ああ、その時……眼に映る
怪奇なるデーモン
戦慄
人間本来の形相
絶望、歓喜、勇躍
全身(23)をもって叫ぶ
前へ！

注

黙示録の彼方へ

（1）渡辺昌美著・訳『中世史夜話』白水社、九三―九四頁。
（2）渡辺昌美著・訳、同書、九三頁。
（3）例えばアンリ・フォションは、一九三八年の著作『西欧の芸術I――ロマネスク』（鹿島出版会より神沢栄三氏の訳で上梓されている）のなかで、柱頭という狭く窮屈で反り返ったスペースが彫像のアンバランスな形姿の原因だと解釈している。
（4）阿部謹也『甦える中世ヨーロッパ』日本エディタースクール出版部、七六頁。
（5）同書、同頁。
（6）同書、七八―七九頁。
（7）同書、八四頁。
（8）池田健二訳『ヨーロッパ中世社会史事典』藤原書店、一九〇頁。
（9）例えば十一世紀頃のドイツにおいて、「ブレーメンのアーダムは大司教ウンヴァンの事績として、彼が異教の多くの慣習を根絶することを命じ、沼沢地の住民が馬鹿げた崇拝を捧げていた森を、全司教区に教会を作る材木として利用させた、と報告している」（谷口幸男『ゲルマンの民俗』渓水社、一一七頁）。阿部謹也氏もブレーメンのアーダムの報告を紹介し、さらに別の事例も語っている。「キリスト教会はすでに十、十一世紀に聖木信仰を廃止させようとしていろいろな処置をとった。十一世紀初頭にブレーメン大司教ウンヴァンは大司教区内の聖なる木を根絶させたといわれる。十二世紀前半にホルシュタイン（＝ブレーメンよりさらに北、デンマークと接するあたりのドイツの地方）に来たフィチェリンは、この地方では樹木や泉への崇拝が盛んでキリスト教徒とは名ばかりだと嘆いている。イギリスでは一六四四年にピューリタンによって五月の樹が禁止されたが、これも復古とともに元に戻されている。このように樹木信仰に対する攻撃は近代までつづくが、根絶することはできなかった」（木村尚三郎編『中世ヨーロッパ――西洋史(3)』有斐閣新書第4章中世庶民の生活と生活意識（阿部謹也執筆）、一二二頁）。

表向きキリスト教世界となりながら民衆の間で異教信仰が根強く存続していたという二重構造は、中世ロシアにおいても存在していた。十五世紀ロシアの写本文集『金の梁』に収容された『聖グレゴリオス講話』（正式名称は『その註釈に見いだされる聖グレゴリオスの説教――最初の異教徒たちが偶像を崇拝し、これに供物を捧げおりたるのみならず、今もこれを行いたること』）には次のようなキリスト教徒による批判的な報告が記載されている。「クトン、ベリャ、ヤドレイ、オビルハ、家畜の神、道祖の神、森の神、スポルイニやスペフに祈りを捧げるものもいる。無法なギリシア人やカルディア人たちのようにたくさんの神々に祈っているのだが、それは彼らがただ御一方なる神を知らないがゆえにそうするのである。しかし、この人たち（＝十四世紀ロシアの民衆）はその神を知っているばかりか自分たちをキリスト教徒だと名乗っている。これは異教徒よりひどいことをしているのである。だから、そのことによって異教徒よりもひどい苦しみを受けることになろう。火や石や川や泉に祈るものもいる。異教時代にそうしていたばかりではなく、今に至るまで多くの人がそのようなことをしてキリスト教徒だと名乗っている。」（三浦清美著・訳「『聖グレゴリオス講話』伝承史のテキスト学的研究（前編）」、『スラブ研究』〈44〉（一九九七）、四五頁）

(10) 柳宗玄著、学研『ロマネスク美術』（〈大系世界の美術〉11）、九頁。

(11) ドゥニ・オリエ編、兼子正勝・中沢信一・西谷修訳『聖社会学』工作舎、二五七頁。

(12) 同書、同頁。

(13) 同書、二〇六―二〇七頁（一部改訳）。

(14) 同書、二一二―二一三頁(一部改訳)。
(15) 同書、二一二頁(一部改訳)。
(16) 福井憲彦訳『死の文化史』日本エディタースクール出版部、三〇頁と三五頁。
(17) 三圃制農法とは「種類のちがう麦なら二年連作の可能なことを利用し、一定範囲の土地を三つの耕圃に分割して、冬畑→夏畑→休耕地→冬畑の順に、それぞれの耕圃をひとこまずつずらしながら一巡させる農法である。冬畑には秋蒔きで翌年収穫される小麦やライ麦、夏畑には春蒔きでその年の秋に収穫される大麦やカラス麦を植え、休耕地は家畜の放牧にまかせた」。鯖田豊之『ヨーロッパ中世(世界の歴史9)』、河出書房新社、一〇九頁。
(18) 鯖田豊之『ヨーロッパ中世』(前掲書)一〇七頁。
(19) 同書、一一二―一一三頁。
(20) 成瀬駒男訳『死を前にした人間』みすず書房、二三頁。
(21) 同書、一七頁。
(22) 新共同訳、日本聖書協会『聖書』、「ヨハネの黙示録」20の10、(新約)四七七頁。
(23) 拙訳「聖なるもの」、『ランスの大聖堂』みすず書房所収、八三頁。
(24) 『聖書』(前掲書)、「マタイによる福音書」27の46、(新約)五八頁。
(25) 出口裕弘訳『有罪者』、現代思潮社、一五九頁。
(26) 拙訳「聖なるもの」、『ランスの大聖堂』(前掲書)、七六頁。
(27) 『死の文化史』(前掲書)、四一頁。
(28) 『死を前にした人間』(前掲書)、五九頁。
(29) 『甦える中世ヨーロッパ』(前掲書)、八八頁。
(30) 拙訳「ヘーゲル、死と供犠」、『純然たる幸福』人文書院所収、一九四―一九五頁。
(31) 同書、一九五頁。

(32) 同書、同頁。
(33) 同書、同頁。
(34) バタイユは「ヘーゲル、死と供犠」のなかでこの一節を〃最高の重要性〃を持つテクストと形容して仏訳で引用している。それを和訳すると次のようになる。

……このような非現実をわれわれは死と呼びたいのだが、死こそは最も恐ろしいものであり、死の業《わざ》を制止することは最大の力を必要とすることである。非力なる美は、悟性を憎悪する。というのも悟性は、美から、死の業を制止することを、すなわち美のできないことを、求めているからである。ところで〈精神〉の生は、死を前にして怖気づき、死の破壊から身を守る生ではなく、死に耐え、死のなかに自らを維持する生なのである。精神は、絶対的な引き裂きのなかに自分自身を見出してはじめて自分の真実を手に入れるのである。精神がこの（驚異的な）威力であるのは、〈否定的なもの〉に背を向ける〈肯定的なもの〉であるからではない。われわれがある事柄についてこれはたいしたことではない、これは偽りだと言って、この事柄を清算し、別な事柄に移る場合とはわけが違うのである。精神は、もっぱら〈否定的なもの〉を真正面から見据えて〈否定的なもの〉の近くに留まる限りにおいてのみ、この威力となるのである。このように留まることこそは、否定的なものを所与―〈存在〉へ転換する魔法の力なのである。（『純然たる幸福』一七六頁）

(35) 「ヘーゲル、死と供犠」（前掲書）、一九九頁。
(36) エミール・マール著、田中仁彦・池田健二・磯見辰典・成瀬駒男・細田直孝訳『ロマネスクの図像学』、国書刊行会、上巻、一八頁。
(37) 同書、下巻、一六八―一六九頁。
(38) 同書、下巻、二〇二頁。マールはさらに修道士たちの幻視も悪魔の図像に影響を与えたと考えている。
「それら〔ブルゴーニュ派芸術によって生み出された悪魔のイメージ〕はきわめて忠実にクリュニー修道士たちの幻視を再現しているのだ。ヴェズレーの教会堂の最も美しい柱頭彫刻の一つは、一種の小人だが、頭が異常に大きく胸が突き出した悪魔を表わしている。悪魔は人間の顔をとどめているが、狭い顔、歯をむき出した力強い顎が、彼を動物に近づけている。その髪はいくつもの束になって炎のように逆立っている。そこに修道士たちの夜の幻視を見ないことは不可能である。」(同書、下巻、二一二頁)
(39) 片山正樹訳「サン - スヴェールの黙示録」、『ドキュマン』二見書房所収、二四頁(一部改訳)。
(40) 同書、同頁。

聖なるコミュニケーション

(1) 田辺保訳『重力と恩寵』、ちくま学芸文庫、一六二頁。
(2) 同書、同頁。
(3) 同書、一七二頁。
(4) 同書、一六一頁。
(5) 同書、一七〇頁。
(6) 出口裕弘訳『内的体験』、現代思潮社、八四頁。
(7) 同書、同頁。
(8) 橋本一明訳「スペイン日記」(一部改訳)、『シモーヌ・ヴェイユ著作集I』春秋社所収、三一五頁。
(9) 同書(一部改訳)、三一六頁—三一七頁。
(10) シモーヌ・ペトルマン著『評伝シモーヌ・ヴェイユ』第II巻、田辺保訳、勁草書房、八一頁。
(11) 『重力と恩寵』、前掲書、二四五頁。
(12) かといって単純に人民戦線側に鞍替えしたわけではなく、作品『希望』で人民戦線側の民兵たちの英雄的行為を称えたアンドレ・マルローにベルナノスは一度、『月下の大墓地』の出版直前に会って、なぜ人民戦線側の残虐行為を明示しなかったかと厳しく詰め寄ったといわれる。
(13) 伊藤晃・石川宏訳『月下の大墓地』、『ベルナノス著作集4』春秋社所収、一〇〇頁。
(14) 渡辺義愛訳「ベルナノスへの手紙」、『シモーヌ・ヴェイユ著作集I』(前掲書)所収、四七四—四七五頁。
（15）同書、四七五頁。
（16）“André Malraux”, in *Georges Bataille, Œuvres complètes, tome I*, Gallimard, p. 373.（以下 *O. C.* と略し巻号とページ数だけを記す。）
（17）*Ibid*, p. 374.
（18）*Simone Weil, Œuvres complètes, tome II, volume 1*, Gallimard, p. 319.
（19）『評伝シモーヌ・ヴェイユ』、前掲書、第I巻、三三〇頁。
（20）橋本一明訳『シモーヌ・ヴェイユ著作集I』（前掲書）所収、三二一―三二二頁。
（21）バタイユは『呪われた部分』の草稿『有用なものの限界』（第二次世界大戦中に書かれた）のなかで、ユンガーの『戦争、われらの母』に典拠しつつこう述べている。「戦場とその恐怖はユンガー以上に厳格に描写されたことはない。私は、戦争と儀式的供犠と神秘的生との間に同等性が存在することを示したい。それは、《恍惚》と《恐怖》の同一の戯れなのであり、この戯れにおいて人間は大空の戯れと重なるのである。」（*O. C., VII*, p 251）
（22）ここでバタイユの次のヴェイユ観を想起するのは無意味ではないと思う。「シモーヌ・ヴェイユは、その明晰さと、大胆なペシミズムと、不可能なものにひきつけられる極端な勇気とで、好感を呼ぶ―ドン・キホーテ［＝空想的理想主義者］だった。」「彼女の努力自体は、善の探究に、きわめて熱烈な性格をおびさせており、単純化すれば異なった相貌を呈しかねないものでもある。読者の心をとらえるのは、シモーヌ・ヴェイユの知性ではなく、口調なのだ。並はずれた緊迫感を介して、彼女の作品はきわめていきいきと心をうつ。」これらは、一九四九年に発表されたバタイユのヴェイユ論「呪詛する道徳の軍事的勝利と破綻」（山本功訳、『ジョルジュ・バタイユ著作集』第十二巻『言葉とエロス』二見書房所収、三一三頁と三一一頁）にある文章である。
（23）杉山毅訳、『神を待ちのぞむ』勁草書房所収、四〇―四一頁。

(24) 同書、四五頁。
(25) 同書、三五頁。
(26) 同書、同頁。
(27) 死の前年（一九四二年）頃にヴェイユは、モーリス・シューマン宛ての手紙のなかでこう述べている。「わたしは、生まれながらに、凡庸な知的能力しか恵まれていませんでした。こんなことを言うのも、事実ただそのとおりであるからなのだと信じてください。……（そして、もうずいぶんと前から、わたしは自分の能力が字義どおり、完全に消え去ろうとする一歩手前のところにあるのだと毎日感じながら、生き、働いてきたのでした。）したがって、それは、多くの点で重い傷を負ってしまったのです（あなたも、このことは何度も気づかれただろうと思います）。しかし、真理をねがい求める者に対しては、神のあわれみの宝物が残されています。いかなる場合にも、何ごとが起ころうとも、そういう者が、まったくやみの中にとどまっていることはありえないのです。」「このわたしにはとりわけて、真理を持ち望むということのほかに、人生にはなんの意味もないのです。いや、これまでも根本的にはこれ以外に、なにひとつ意味はなかったのです。」（田辺保訳「モーリス・シューマンへの手紙」、『ロンドン論集とさいごの手紙』勁草書房所収、二四八頁と二六五頁）
(28) 杉山毅訳「人格と聖なるもの」、『ロンドン論集とさいごの手紙』（前掲書）所収、一二頁。
(29) 山本功訳（一部改訳）、『言葉とエロス』（前掲書）所収、三一三—三一四頁。
(30) この小説については、本書所収の拙稿「バタイユの『空の青』」も参考にしていただきたい。
(31) ヴェイユの研究家シモーヌ・フレッスによれば、このエピソードは本当に起きたことであったらしい。Voir, Simone Fraisse "La représentation de Simone Weil dans *Le Bleu du ciel* de Georges Bataille" in *Cahiers Simone Weil*, V-2, juin 1982, p. 81-94.
(32) この体験は『空の青』第二部のなかの「空の青」の章第二節に記されている。「この不透明な夜の中にあって私は光に酔っていた。かくして再びラザールは、私にとっては不吉な鳥、汚ならしい、どうでもいい鳥にすぎなかった。私の目は、現に私の頭上に輝く星々の中にではなく、真昼の空の青みの中をたゆたっていた。私は目を閉じ、この輝く青みの中にとけこんだ。その中から大きな黒い昆虫がうなり声を上げ、まるで竜巻のように現われ出て来た。それと同じように明日、光に輝く真昼どきに、まずは目にも見えない小さな点のように、ドロテアを乗せた飛行機が現われ出るだろう……私は目を開いた。再び頭上の星々が見えた。しかし私は太陽に狂ったようになっており、笑いたかった。（……）私は笑った。今やこの夜の中を壁に沿って行く私は、もうペン軸を自分に突き立てていた悲しい少年ではなかった。だが、同じ少年時代といっても、その時はこの私が——なにしろ私は、楽しい不敵さから、すっかり高揚していたのだ——すべてを覆えさなくては、どうあってもすべてを覆えさなくては、と思いこんでいたのだ。」（伊藤守男訳『空の青み』二見書房、二二六—二二七頁）

(33) バタイユはキリスト教の神を聖性と俗性の混合物と捉えていた。「神とは聖なるもの（宗教的なもの）と理性（有用なもの）との混合物にすぎぬ」（出口裕弘訳『有罪者』現代思潮社、四頁）、「（……）神は妥協の産物なのだ（……）。神は、即時的なものの神的な諸属性を一つの物体——活動の世界の諸事物にならって構想された物体——に振り向けたものなのである。」（拙訳「第一の前提」、『純然たる幸福』人文書院所収、二四二頁）

(34) バタイユのカトリック信仰については拙著『バタイユ入門』（ちくま新書）の四四—五二頁をお読みいただきたい。

(35) *O. C., VIII*, p. 562.

(36) 氷上英廣訳『華やぐ知慧』白水社、三三三番の断章、三〇〇—三〇一頁。

(37) 西尾幹二訳『この人を見よ』白水社、三三三頁。

(38) バタイユは『ニーチェについて』の序文では権力への意志の概念を批判している。他方、『内的体験』のなかではこのような評価を下している。「ニーチェはひとりの男にすぎなかった、情熱に燃え、孤独で、力《フォルス》の過剰のあまり心をまぎらすものもなく、知性と非合理な生とのあいだにごくまれに均衡をえた、ひとりの男にすぎなかった。もっともこの均衡は、知的諸能力の十全な行使にはあまり好都合なものではない（そうした諸能力は平静さを求める。カントの、ヘーゲルの生活がそうだった）。ニーチェは、諸力《フォルス》を全方向に向けて作動させながら、概略の見つもりでものを書いた。」（出口裕弘訳［一部改訳］、前掲書、七三頁）

(39) 拙訳『ニーチェについて』現代思潮社、三四頁。

(40) 『有罪者』の次の文章にある認識は、交わることと解してよい。また、「在るもの」、宇宙は、世界の深奥と受け取ってよい。「爆笑や接吻は概念を生みだしたりはしない。客体を取り扱いやすいものにするのに必要な観念よりも、爆笑や接吻の方が、「在るもの」へのいっそう真実な到達法を計らってくれる。「在るもの」を——お望みなら宇宙を、と言ってもいい——ひとつの有用の物体の類似物に還元してしまうとは！これ以上に笑止をきわめたことはない。笑うこと、愛すること、激昂に涙を流し、私の認識の不能ぶりに涙を流すことさえ、じつは認識の諸手段なのである。これらの手段は、知性の次元におかれてはならない。」（出口裕弘訳、前掲書、三〇—三一頁）

(41) ヴェイユの仏語引用から直接に和訳するとこうなる。なお原文からの和訳は次のごとくである。「そしてこの学問に関することどもを、数学を取り扱うのと同様の捉われない精神をもって探究するために、私は人間の諸行動を笑わず、嘆かず、呪詛もせず、ただ理解することにひたすら努めた。」（畠中尚志訳『国家論』岩波文庫、第一章第四節、一三—一四頁）

(42) 『自省録』、第八巻三五節。ヴェイユの仏語引用から和訳した。

(43) "Réflexions sur les causes de la liberté et de l'oppression sociale", in *Œuvres complètes, tome II, volume 2*, Gallimard, 1991, p. 73.

(44) *Ibid.*, p. 75.

(45) *Ibid.*, p. 53.

(46) 一九四〇年発表の論文『イリアスあるいは力《フォルス》の詩篇』のなかでも彼女はこう述べている。「力はそれに屈する者をだれであれ〝もの〟にしてしまう。極限まで行使されたとき、人間をもっとも字義通りの意味で

〃もの〃にする。」（冨原眞弓訳『ギリシアの泉』みすず書房所収、三頁）

（47）『ニーチェについて』、前掲書、三一頁。

（48）同書、三一―三二頁。

（49）吉村博次訳『善悪の彼岸』白水社、一九番の断章、四二頁。

（50）『ニーチェについて』、前掲書、三〇頁。

（51）同書、三〇―三一頁。

（52）『有罪者』、前掲書、四九頁。

（53）『ニーチェについて』、前掲書、二一一―二一二頁。

夜の遺言

（1）ガリマール社版『バタイユ全集』第五巻の註に収録されている（*O. C.* V., p. 499-501）。前節の拙文はこの註を私なりに要約したもの。なお、これらの日記からバタイユの主著『無神学大全』（『内的体験』、『有罪者』、『ニーチェについて』からなる）は生まれた。

（2）*O. C.* I, p. 494. 拙訳『ランスの大聖堂』みすず書房、一九九八年、二五頁。

（3）この点については、拙訳『ランスの大聖堂』（前掲書）の「悲劇＝母」の訳註（二六―二七頁）と訳者解説（一五六―一五八頁）を参照のこと。

（4）Georges Bataille, *L'Apprenti Socier, du cercle communiste démocratique à Acéphale*, textes, lettres et documents (1932-1939) rassemblés, présentés et annotés par Marina Galletti, Editions de la Différence, 1999, p. 364.

（5）*Ibid.*, [Instructions pour la《rencontre》en forêt], p. 360.

（6）*Ibid.*, [Mémento], p. 352. 以下、拙訳で紹介しておく。

「今このときから、おまえの喜悦は、おまえの休息、眠り、そして苦痛をも、足で踏みつけて汚すことになろう。

記憶したまえ。真実は安定した地面などではなく、おまえのすべてを、おまえが見るすべてのものを破壊する休みない運動である、ということを。

記憶したまえ。真実は戦争のなかにある、ということを。

おまえは、すべての供犠を求めるほど大きな希望を宿した人間だと人に認めてもらうまで、休んではならない。

今後、この記憶のための祈り［＝Mémento］のおかげで、おまえは、己が身から期待できる平和なども う持ち合わせてはいないということを想起するようになるだろう」。

（7）「樹木の下では火が燃やされていました。［…］バタイユは様々な種類の供犠をおこなったのです。この森のなかにはとても奇妙な建て物があり、たいへん奥行きのある一種のギャラリーもあったのですが、そこにバタイユは馬の頭蓋骨を持ち込んでいました。むろんこれは彼の内輪の儀式のためのものだったのです」。（パトリック・ヴァルドベルグの妻イザベルの証言）*Ibid.*, p. 362.

（8）*Ibid.*, [Instructions pour la《rencontre》en forêt], p. 361.「森のなかで試みられるこの〈密会〉は、本当のところ、死が透けて見える限りで、実行されるだろう。この死の現前の前に進みでるということは、我々の死を被っている衣服を取り除こうとするということなのだ」。

（9）〈無頭人〉は秘密結社であっただけに、消滅後も参加者はその具体的な内容について多くを語ろうとしなかった。そもそも参加者の正確な人数、その名前すら明らかにされたことはなかった。しかし最近になって、当事者たちの間で交わされていた書簡、回覧テクスト、規則書、指示書きなどがかなりの分量公表された（註（4）の書物がそれ）。そのなかには一九三八年三月八日付けの名簿も含まれている。頭文字だけの名簿だが、ほぼ全員、正確な名前が分かっている。岡本太郎のイニシャルも記載されている貴重な資料だ。以下に判別している姓名を付して紹介しておこう。

1. **信徒**

G. A.〔ジョルジュ・アンブロジーノ、物理学者〕

P. A.〔ピエール・アンドレール〕

G. B.〔ジョルジュ・バタイユ〕

J. C.〔ジャック・シャヴィ、建築家〕

R. C.〔ルネ・シュノン、数学者〕

H. D.〔アンリ・デュサ、役者〕

I. K.〔アンル・ケレマン、ハンガリー人のマルクス主義者〕

2. **加入者**

P. W.〔パトリック・ヴァルドベルグ、〈民主共産主義サークル〉からのバタイユの友人、岡本太郎のパリ時代の親友、戦後に美術評論家として活躍〕

3. **三八年**〔三七年の誤りか〕**十二月八日に加入を推薦された人**

M. L.〔ミッシェル・レリス、作家〕

A. M.〔アンドレ・マッソン、画家〕

J. R.〔ジャン・ロラン、詩人〕

S.〔サン‐ポールことロベール・フォリオ〕

H. W.〔アンリ・ヴァロン、精神分析学者、ソルボンヌ大学講師〕

C. P.〔コレット・ペーニョ〕

E. T.〔エステル・T、アンブロジーノの妻〕

4. **次回の会期**〔一九三八年七月から〕**にバタイユから推薦される人**

J. A.〔ジャン・アトラン、詩人のちに画家、岡本太郎のパリ時代の親友〕

C. B.〔不明〕

T・O・［岡本太郎］

（*L'Apprenti Socier*, op. cit., p. 433.）

「信徒」はこの秘密結社の中核メンバーで、彼らはさらに第一段階の「幼虫」、第二段階の「啞」、最終段階の「放蕩者」の順にグレード分けされていた。一九三六年の発足時には「信徒」は十二人、ピエール・クロソウスキーもそのなかにいたらしい。

（10）『呪術誕生』（『岡本太郎の本　1』）、みすず書房、一九九八年、二二八頁。

（11）同書、二一一頁。

（12）同書、二二四頁。

（13）マルセル・モースの講義には岡本太郎の友人パトリック・ヴァルドベルク、その妻となる彫刻家のイザベル・ファルネールも出席していた。いうまでもなくバタイユもこの講義に出席し（一九二五年頃）、ポトラッチや供犠について多くを学んでいる。

（14）『岡本太郎　歓喜』（岡本敏子編）、二玄社、一九九七年、一二頁。

（15）『新しい芸術の探求』（〈夜の会〉編）、月曜書房刊、一九四九年、三一―三二頁。

（16）ニーチェ作品の読書会は〈無頭人〉の儀式の一つになっていた。テクストとしてはG・ビアンキ訳の『権力への意志』上・下二巻がとくに取り上げられていた。他方、雑誌『無頭人』でも毎号のごとくニーチェの言葉・作品は紹介され、また論じられていた。

（17）『呪術誕生』（前掲書）二〇四頁。

（18）同書、二三〇頁。

（19）同書、同頁。

（20）同書、六頁。「人間生命の根源的渾沌を、もっとも明快な形でつき出す。人の姿を映すのに鏡があるように、精神を逆手にとって呪縛するのが芸術である。」

(21) 同書、二五八―二五九頁にはこうある。「古い土地には、その地層深くしみ込んで精霊が生きつづけている。俗に「地母神」という言葉がある。この言葉がいつごろ、どんな意味で発生したか知らない。だが母岡本かの子の魂には、そんな気配がなまなましく生きていた。」

(22) 同書、四一頁。

(23) 同書、四二頁。

あとがき

本書は、一九九四年から二〇〇一年までのあいだに雑誌等に発表された拙論よりなる。いずれの論もバタイユに関する言及が多いため、御覧のようなタイトルになった。だがまた、バタイユ以外の思想家、作家、画家にも触れている。バタイユの思想とは直接関係のない西欧中世のロマネスク芸術や日本文学の扉も叩いている。

一見して雑多な趣きだが、これらの拙論は底辺において聖性の体験というテーマで一貫している。聖なるものは、そもそも、きわめて不明瞭で、捉えどころのないものだ。しかもその体験は、主観的な出来事で、各人にまちまちの印象を語らせる。だが他方で、バタイユ、ニーチェ、ヴェイユ、太宰、中世の芸術家、ゴッホ、岡本太郎の言葉や作品からは共通して伝わってくる激しい何かがある。彼らはおそらく、理性の力ではどうにも説き明かせない渦を、光輝を、特別な雰囲気を、体験し、それに根底から翻弄されたのだ。

聖性の体験を表わす彼らの言葉、彼らの芸術作品はまたそれ自体聖性を帯びていて、私を誘惑した。そして現実の異国へ、あるいは想念の様々な国へ私を旅立たせた。本書は、その意味で、聖性にかどわかされた一人の人間のさまよいの書である。

だがそれにしても私の言葉は、彼らの表現物に溢れる聖性をうまく響かせているだろうか。ブランショはハイデガーに触発されながら、評論文を、鐘のうえに降ってこれを鳴らせる雪片に喩えている。「鐘を震わすこの雪、手ごたえがなく、やや冷たいこの白い運動体は、自分が引き起こす熱い震動のなかへ、消えてゆく」(『ロートレアモンとサド』、序文「評論文はどうなっているのか」)。

バタイユもニーチェも岡本太郎も、様々な音色を高鳴らせる巨大な鐘である。拙論がせめてその一つの音色でも響かせて読者に伝えることができたならば幸いだと思っている。

本書は人文書院の谷誠二氏の御尽力によって刊行の運びになった。この場を借りて谷氏に感謝の気持ちを表わしておきたい。

二〇〇一年五月

酒井　健

初出一覧

Ⅰ　大聖堂の追憶――ジョルジュ・バタイユと限界体験……『新潮』（新潮社）、第九十一巻第十一号、一九九四年十一月

Ⅱ　黙示録の彼方へ――ロマネスク芸術と生命の横溢……『講座・生命・2』（哲学書房）所収、一九九七年十二月

Ⅲ　聖なるコミュニケーション――ヴェイユとバタイユの場合……『ユリイカ』（青土社）、第二十九巻第九号、一九九七年七月

根源からの思索――ブランショのヴェイユ論……『シモーヌ・ヴェーユ　カイエ　月報』（みすず書房）、第四号、一九九八年十一月

バタイユの『空の青』……『ユリイカ』、臨時増刊『20世紀を読む』、第二十九巻第五号、一九九七年四月

Ⅳ　ある劇場国家の悲劇――『人間失格』と無用性の東西……『ユリイカ』、臨時増刊『総特集・太宰治』、第三十巻第八号、一九九八年六月

Ⅴ　トリノの風――クロード・ロランと最後のニーチェ……『みすず』（みすず書房）、第四十巻第十二号、一九九八年十二月

聖なる暴力――ニーチェ、バタイユとともに……『大航海』（新書館）、第三十七号、二〇〇一年一月

Ⅵ　夜の遺言――岡本太郎とジョルジュ・バタイユ……『ユリイカ』、第三十一巻十一号、一九九九年十月

著者略歴

酒井　健（さかい・たけし）

1954年東京生まれ。東京大学文学部仏文科卒業後、同大学大学院へ進学。1983－87、89－90年、パリ大学に留学。1986年、同大学よりバタイユ論で博士号取得。電気通信大学助教授を経て、現在、法政大学第一教養部教授。

著書：『バタイユ——そのパトスとタナトス』（現代思潮社、1996年）

　『バタイユ入門』（ちくま新書、1996年）

　『ゴシックとは何か——大聖堂の精神史』（講談社現代新書、2000年）第22回サントリー学芸賞〈思想・歴史部門〉受賞

訳書：バタイユ『至高性』（共訳、人文書院、1990年）

　バタイユ『ニーチェについて』（現代思潮社、1992年）

　バタイユ『純然たる幸福』（人文書院、1994年）

　バタイユ『ランスの大聖堂』（みすず書房、1998年）

JIMBUN SHOIN Printed in Japan.
ISBN4-409-03063-9 C3010

バタイユ　聖性《せいせい》の探究者《たんきゅうしゃ》

二〇〇一年七月五日　初版第一刷印刷
二〇〇一年七月一〇日　初版第一刷発行

著者　酒井　健
発行者　渡辺睦久
発行所　人文書院
〒六一二-八四四七
京都市伏見区竹田西内畑町九
電話〇七五・六〇三・一三四四
振替〇一〇〇〇-八-一一〇三
印刷　創栄図書印刷株式会社
製本　坂井製本所

http://www.jimbunshoin.co.jp/